Gabriele Böing

Liebe auf Stützrädern

Liebe ohne Vertrauen ist wie ein Edelstein ohne Wert

Impressum

Bibliografische Information der Deutschen
Nationalbibliothek:
Die Deutsche Nationalbibliothek verzeichnet diese
Publikation in der Deutschen Nationalbibliografie;
detaillierte bibliografische Daten sind im Internet über
http://dnb.dnb.de abrufbar.

2. Auflage

© 2020 Gabriele Böing

Herstellung und Verlag: BoD – Books on Demand,
Norderstedt

ISBN: 978-3-7504-8192-3

Sophia hatte diesen Tag schon gefürchtet, seit ihre Tochter Anna geboren wurde. Sie bangte davor, noch jemanden, den sie liebte, zu verlieren und wenn es erst einmal auch nur ein kleines Stück war. Wenn Sophia gewusst hätte, was im nächsten Monat tatsächlich auf sie wartete, wie hätte sie reagiert? Hätte sie sich mit ihrer Tochter noch tiefer unter der Bettdecke verkrochen, als der Wecker klingelte? Oder wäre Sophia tapfer ihrem unvermeidlichen Schicksal entgegengeschritten, mit dem Willen, ihre Fehler zu vermeiden? Vielleicht hätte sie auch vollstes Vertrauen in die »Stützräder« entwickelt, dass sie sich, ihre Tochter und ihre Liebe bei den sich überstürzenden Ereignissen führen könnten.

Mutter und Tochter hatten eine sehr enge Beziehung zueinander aufgebaut, da es keine weiteren Angehörigen mehr gab, die an ihnen interessiert gewesen wären. Außerdem konnte und wollte Sophia auch keinem anderen Mann mehr vertrauen. Bewerber hatte es genug gegeben, denn sie war durchaus attraktiv mit ihren grünbraunen Augen, ihrer sportlichen Figur und ihrer blonden Kurzhaarfrisur.

Nur einen Tag nachdem ihre geliebte Tochter zur Welt gekommen war, verkündete Sophias damaliger Verlobter Norbert Schirmberg, dass er eine neue Freundin hätte. Ohne Rücksicht auf sein neugeborenes Baby oder dessen Mutter hatte er bereits seine Sachen aus der gemeinsamen Wohnung geräumt, bevor Sophia fünf Tage später mit Anna das Krankenhaus verlassen durfte. Sophia hatte lange Zeit gebraucht, um zu akzeptieren, dass Norbert von diesem Zeitpunkt an weder an ihr, noch an seinem Kind interessiert gewesen war. Die neue Freundin, eine temperamentvolle, schwarzhaarige Südländerin mit einem eigenen Fotostudio hatte ihn und offensichtlich auch seine wohlhabenden Eltern völlig eingefangen.

Nun musste Sophia auch ihre geliebte Tochter zum ersten Mal regelmäßig in fremde Hände übergeben. Anna war drei Jahre alt und würde ab dem heutigen Tage den nahegelegenen Kindergarten besuchen. Sophia fühlte sich schon bei diesem Gedanken einsam und hatte daher ab kommender Woche eine Teilzeittätigkeit an den frei werdenden Vormittagen angenommen. Sie konnte noch nicht ahnen, wie turbulent ihr Leben ab diesem Tag werden würde.

KAPITEL 2

»Ich möchte aber bei dir bleiben!«, beschwerte sich Anna, als Sophia sie an diesem Morgen aus der Wohnungstür schob.

»In dem Kinderhort sind viele Kinder in deinem Alter. Sie spielen alle den ganzen Tag mit dir. Du wirst dort so viel Spaß haben, dass du traurig bist, wenn ich dich heute Abend abholen werde«, versuchte Sophia sie halbherzig zu trösten. Sie stiegen die Treppe von dem fünften Stock herunter und Sophias Herz wurde mit jeder Stufe, die sie hinter sich brachten, schwerer.

»Du spielst am allerbesten mit mir. Ich will dort nicht hin«, bettelte Anna und Sophia sah die Augen ihrer Tochter schon verdächtig nass werden.

»Schau es dir doch wenigstens an!«, schlug Sophia vor.

»Gut, heute gehe ich hin. Aber wenn es mir nicht gefällt, bleibe ich morgen wieder bei dir, Mama«, verkündete Anna abschließend.

Sophia antwortete nicht. Sie hatte eine Teilzeitarbeit als Aushilfe in dem örtlichen Supermarkt gefunden. Jeden Morgen würde sie ab nächster Woche drei Stunden Waren einräumen, sortieren und etikettieren. Der Vater von Anna war verpflichtet worden, den Unterhalt zu zahlen, was er dann zwar widerwillig, aber zuverlässig erledigte. Allerdings reichte der geringe Betrag nicht aus, um ihrer Tochter mal eine zweite Jacke oder anspruchsvollere Bücher zu kaufen. Zudem musste sich Anna endlich unter gleichberechtigten Kindern beweisen können und sich ein wenig aus der engen Bindung zu ihrer Mutter lösen. Es tat jedoch auch Sophia gut, sich mal wieder im Berufsleben zu behaupten. Sie hatte früher in einer Bank gearbeitet, aber war seit der Geburt der Tochter zu Hause geblieben. Nach dieser langen Arbeitspause hatte Sophia keine Chance mehr, in einer örtlichen Bank eine Stelle zu bekommen, zumal sie auch nur stundenweise am Vormittag arbeiten konnte.

»Wenn du eine ganze Woche in den Kindergarten gehst, bekommst du zwei CDs von Benjamin Blümchen!«, versprach Sophia nach einer Weile.

Langsam schlenderte Anna zu dem nahegelegenen Kindergarten, der für alle Kinder von 8:30 bis 12:30 Uhr geöffnet war. Die Neuzugänge sollten jedoch schon um 8:00 Uhr eintreffen, damit sich die Erzieherinnen den Anfangsproblemen besser widmen konnten. Es war ein herbstlicher Tag und Anna schob die bunten Blätter mit den kleinen rosafarbenen Schühchen vor sich her. Der Unwille, dorthin zu gehen, war deutlich in ihrem betont langsamen Gehverhalten zu erkennen.

Bei dem verlockenden Angebot ihrer sonst sehr sparsamen Mutter schaute Anna jedoch plötzlich auf: »Ich bekomme die CDs, die ich mir so wünsche?«, fragte sie nochmal nach.

»Versprochen. Am Freitagnachmittag kaufen wir sie, wenn du bis dahin brav in den Kindergarten gehst«, bestätigte Sophia.

»Oh, ja!«, rief Anna und lief sofort etwas schneller.

Das Haus des evangelischen Kindergartens war schon zu sehen. Sophia stöhnte leicht auf. Jetzt würde ihre Tochter lernen müssen, zum ersten Mal Abschied zu nehmen. An den Trennungsproblemen würden beide noch zu arbeiten haben. Allerdings mussten sie nun nach vorne schauen und Anna brauchte gleichaltrige Freunde, mit denen sie sich messen konnte.

Als sie sich dem Vorplatz des Kinderhortes näherten, sahen sie, dass schon viele Eltern mit ihren kleinen Kindern davor standen und auf die Öffnung warteten. Dieser Kindergarten nahm Kinder von drei bis sechs Jahren auf. Sophia schaute auf ihre einfache Armbanduhr und bemerkte, dass auch sie eine Viertelstunde zu früh ankommen würden.

Ein wenig unsicher, aber auch neugierig stellten sich Sophia und Anna ebenfalls wartend vor die gläserne Eingangstür. Sophia schaute sich die Eltern der anderen Kinder an. Die Neuzugänge, die dreijährigen Jungen und Mädchen, wurden meistens von dem Vater und der Mutter begleitet. Nur wenige der Kinder lehnten sich aufgeregt an nur eines der Elternteile an. Sophia stöhnte auf. Warum hatte sie es nicht geschafft, ihren Ex-Freund zu halten? Was war so schief gelaufen, dass er sich eine neue Freundin hatte suchen müssen? Zudem interessierte ihn noch nicht einmal ihre gemeinsame Tochter, denn er hatte auch niemals sein Besuchsrecht eingefordert.

Plötzlich blieb Sophias Blick an einem gut aussehenden, besonders liebevollen Mann hängen, der vor seinem kleinen Sohn kniete und ihn herzlich umarmte. Der kleine Junge klammerte sich an ihn und ließ ihn nicht mehr los. In den Augen des Vaters glitzerten Tränen, die er mühsam zurückhielt. Mit einem weichen Gesichtsausdruck, schob er den Sohn sanft von sich weg, strich ihm über den Kopf und sprach mit ihm. Der Sohn nickte und stellte sich dann steif neben seinen Vater. Sophia musterte ihn mit hypnotischer Begeisterung. Der Mann war groß und wirkte sehr sportlich. Er hatte kurze, mittelbraune Haare, die forsch in alle Windrichtungen zeigten.

Sophia musste lächeln. Solch eine Wuschelfrisur hatte ihr Ex-Freund Norbert auch immer, wenn er morgens aus dem gemeinsamen Bett gestiegen war. Sofort fesselte jedoch wieder der Vater mit seinem Sohn Sophias Aufmerksamkeit. Seine warmherzigen Gesichtszüge erweckten den Eindruck, dass es sich um einen mitfühlenden Vater handeln musste. Wäre er wohl auch ein ebenso empathischer Liebhaber?

Plötzlich entdeckte dieser attraktive Mann, dass er von Sophia beobachtet wurde. Er lächelte sie an und Sophia schaute instinktiv erschrocken weg. Hatte sie ihn mit ihrem neugierigen Blick bedrängt?

Doch der Vater nahm seinen Sohn an die Hand und ging sicheren Schrittes auf Sophia zu. Unkompliziert streckte er ihr die Hand entgegen und sprach sie an: »Guten Morgen! Ich bin Dennis, Dennis Sarindo. Das ist mein Sohn Mikey. Er kommt heute, genau wie deine Tochter, in den Kindergarten. Obwohl ich ihn schon am Mittag wieder abholen kann, kommt es uns vor, als würde er eine mehrmonatige Weltreise antreten.« Dennis lachte, aber das Lachen klang bitter.

Sophia schüttelte seine Hand und antwortete erfreut: »Ich bin Sophia Rigard mit meiner Tochter Anna. Es ist richtig, dass auch sie heute zum ersten Mal hierhin geht. Die Umstellung fällt auch uns sehr schwer.« Sophia merkte, dass sich ihre Gedanken nur noch schwerfällig von Dennis Sarindo lösen ließen und sie daher auf einfachen Smalltalk zurückgreifen musste.

»Ich schätze, uns fällt es nachher schwerer als unseren Kindern, die bald beim Spielen die Zeit und hoffentlich auch uns vergessen werden«, grinste Dennis. Sophia nickte nur. Nun hatte ihr Gehirn völlig ausgeschaltet.

Dennis schien ihre Sprachlosigkeit auf die belastende Situation zurückzuführen, denn er legte seine Hand tröstend auf Sophias linken Oberarm. »Dann schlage ich mal vor, dass wir beide gleich noch einen Kaffee in der Selbstbedienungsbäckerei an der Ecke zusammen trinken und uns gegenseitig trösten sollten.«

Sophia wollte instinktiv ablehnen und formte im Geiste schon die Absage: »Ich kann leider nicht. Meine Tochter wartet.« Sie merkte jedoch, bevor sie ihre Gedanken laut aussprach, dass dies für die Vormittage in der Woche nicht mehr gelten würde. Schnell nickte Sophia daher.

KAPITEL 4

Plötzlich hörte sie das laute Klacken, das vom Aufschließen einer schweren Glastür verursacht wurde.

»Nun geht es los«, stöhnte Dennis auf. Die freundliche Kindergartenleiterin Frau Gerald hielt die Tür auf und ließ die Neuankömmlinge mit ihren Eltern hinein.

»Wir haben Zeit und warten, bis die Ersten reingegangen sind, nicht wahr Sophia? Ich werde meinen Mikey noch früh genug los«, lachte Dennis verschmitzt.

»Ja, das ist der erste von vielen Abschieden in dem Leben mit unseren Kindern«, stimmte Sophia schweren Herzens zu.

Dennis lachte auf. »Schau mal, einige Mütter haben verkrampfte Gesichter und versuchen, ihre Trauer und Sorgen zu verbergen. Die Frau da drüben hat gerade eine Träne von ihrer Wange weggewischt.«

Sophia gefiel nicht, dass er sich über den Abschiedsschmerz der Mütter lustig machte, und wollte gerade protestieren, als sie die feuchten Augen von Dennis entdeckte. Als er dazu noch entschuldigend jungenhaft die

Schultern hochzog, musste Sophia grinsen. »Ja, erheben Sie sich ruhig über die Frauen, Dennis. Vermutlich wollen Sie nur mit mir einen Kaffee trinken, damit ich Sie trösten kann.«

So langsam mussten auch Sophia und Dennis mit ihren Kindern durch die große Glastür in das Kindergartengebäude gehen. Anna und Mikey, die vor ihnen hergingen, redeten schon die ganze Zeit sehr quirlig miteinander und rannten im Gebäude sofort in das Spielzimmer, was verlockend bereits vom Eingang einsehbar war. Nachdem sie die Kindergartenleiterin begrüßt hatten, wurde die Eingangstür hinter ihnen geschlossen.

»Schau mal, unsere Kinder haben uns schon fast vergessen. So gut, wie sich die beiden vorhin schon verstanden haben, werden sie noch dicke Freunde«, freute sich Dennis ganz offensichtlich.

»Ja, hoffentlich ändert sich das nicht, wenn wir uns verabschieden«, zweifelte Sophia noch. »Vielleicht ist Ihr Mikey etwas selbstständiger erzogen worden. Da ich alleinerziehend bin, kann ich das von Anna leider nicht behaupten.«

»Mikey wurde von mir und seinen Großeltern eher verhätschelt als erzogen. Wenn er sich hier als Gleichberechtigter unterordnen soll, wird deine Anna bestimmt besser abschneiden.«

Sophia wunderte sich, dass Dennis ganz ungeachtet ihres Siezens einfach bei dem Duzen blieb. Hörte er etwa gar nicht genau auf das, was sie sagte oder überging er einfach nur forsch die Wünsche anderer?

Da Sophia daher nicht sofort antwortete, reagierte Dennis feinfühlig: »Wenn Sie wollen, können wir auch gerne bei dem Siezen bleiben. Aber ich bevorzuge besonders in Ihrem Falle ein persönliches Duzen. Das macht doch vieles einfacher und persönlicher.«

»In meinem Falle?«, fragte Anna verwundert nach, erhielt jedoch keine Erklärung mehr, da die Eltern jetzt gebeten wurden, der Kindergartenleiterin Frau Gerald zu folgen.

Während die Kinder bereits freudig in ihrem Spielzimmer die Bauklötze, Puppen, Stofftiere, Zelte und Kuschelecken ausprobierten, wurden die Eltern durch die Räume geführt. Sophia hörte jedoch nur mit einem halben Ohr zu. Die bevorstehende Übergabe der Tochter, die sie über drei Jahre nicht aus den Augen gelassen hatte, stand unmittelbar bevor. Zudem hielt auch Dennis ihre Gedanken mit seiner warmherzigen, offenen Art besetzt.

»So, liebe Eltern, nun haben Sie gesehen, wo sich Ihr Kind morgens vergnügen wird. Ich will Ihnen nichts vormachen, der Abschied in den ersten zwei bis drei Tage wird sich erfahrungsgemäß in manchen Fällen hart gestalten. Danach funktioniert es jedoch einwandfrei. Wir haben für diese Tage zwei zusätzliche Pädagogikfachkräfte hier, sodass Ihre Kinder besonders intensiv betreut werden können. Machen Sie sich also bitte keine Sorgen, es wird in jedem Falle funktionieren. Für Ihre Kinder ist es zudem sehr wichtig, sich mit Gleichaltrigen messen und beschäftigen zu können. Jetzt verabschieden Sie sich bitte kurz von den Kindern und gehen dann schnell heraus. Längere Verabschiedungszeremonien machen es Ihnen und Ihren Kindern erfahrungsgemäß nur noch schwieriger.«

Zu den Kindern gewandt rief Frau Gerald: »So liebe Kinder, eure Eltern gehen jetzt. Heute Mittag holen sie euch wieder ab und bis dahin spielen wir hier zusammen und gehen auch gemeinsam in den Garten. Wenn ihr euch noch verabschieden wollt, müsst ihr das jetzt tun.«

Kaum hatte Dennis den Spielraum betreten, da rannte sein Mikey schon so schnell es seine kleinen Beinchen erlaubten auf ihn zu und klammerte sich an ihn.

Mikey schluchzte laut auf: »Ich will nicht hier bleiben. Ich habe schon alles gesehen und will lieber zu Oma und Opa. Die sind sicher auch ganz traurig, dass sie nicht mit mir spielen können.«

Auch Anna kam auf Sophia zu. Ihre Wangen hatte die verräterische Rotfärbung, die für gewöhnlich einen Weinanfall ankündigte. Aber Anna schien tapfer bleiben zu wollen.

»Ich komme bald wieder, Anna. Spiel bis dahin schön und erzähl mir dann alles. Ich bin ja so gespannt darauf, was du hier erleben wirst«, redete Sophia beruhigend auf sie ein, während sie Anna umarmte.

Mikey hingegen schluchzte lauter. »Ich will nach Hause. Hier kenne ich niemanden.«

»Aber Mikey, du bist doch mein kleiner Held, oder?«, redete nun auch Dennis auf seinen Sohn ein. Mikey nickte schluchzend.

»Und Helden weinen niemals«, wagte sich Dennis weiter vor.

»Ist mir doch egal«, entgegnete Mikey.

Dennis schaute Sophia hilfesuchend an und meinte leise: »Eins zu null für dich und deine Anna!«

Nun beugte sich Sophia zu Mikey herunter. »Hey Mikey, ich bin Sophia, die Mutter von Anna. Ich mach dir einen Vorschlag.« Mikey hörte auf zu weinen und sah sie mit großen, neugierigen Augen an. »Du schaust dir das hier heute Mal an und passt auf die Anna auf. Sie kennt hier nämlich auch niemanden. Wenn wir euch dann bald abholen, gehen wir zusammen ein Rieseneis essen.« Mikey nickte und Freude huschte über seine feuchten Wangen.

»Wenn ihr dann noch wollt und dein Papa nichts anderes vorhat, könnt ihr am Nachmittag bei uns spielen. Anna hat sogar eine Autorennbahn mit ferngesteuerten Rennautos.«

»Anna ist ein Mädchen, die mögen doch nur Puppen«, reagierte Mikey, strahlte aber bereits vor Vorfreude.

»Hat dir das dein Papa gesagt?«, frage Sophia grinsend nach.

»Das weiß doch jeder!«, reagierte Mikey verwundert.

Lachend schaltete sich jetzt auch Dennis ein: »So, kleiner Held, alles klar? Ich hole dich heute Mittag wieder ab und bis dahin spielst du mit Anna und den anderen Kindern?«

»Alles klar, Papa. Auf Anna pass ich schon auf. Die muss keine Angst haben.« Mikey war offenkundig beruhigt.

»Ihr spielt jetzt zusammen, Anna?«, richtete sich Sophia nun an ihre Tochter, die freudestrahlend die Versprechungen ihrer Mutter mitverfolgt hatte.

»Komm!« Mikey nahm Anna an die Hand und zog sie in das Spielzimmer.

KAPITEL 5

Grinsend schaute Sophia Dennis an, der ihr nur vertraut ins Ohr flüsterte: »Aus den schlimmsten Weicheiern werden nachher die besten Liebhaber.«

Sophia stupste Dennis an. »Kaum wagen unsere Kinder den ersten Schritt in die Freiheit, da denkst du schon an Enkel.«

Seinen Sohn nachahmend nahm Dennis Sophias Hand und meinte nur: »Komm, jetzt haben wir uns den Kaffee aber wirklich verdient.«

Sie verließen Händchen haltend den Kindergarten. Sophia fühlte sich einerseits ein wenig überrumpelt, aber andererseits genoss sie dieses unerwartete Abenteuer sehr.

Als sie im Café angekommen waren, suchte Dennis zielsicher einen Doppeltisch im ruhigeren, hinteren Bereich auf.

»Du scheinst dich hier mit Zweiertischen gut auszukennen«, kommentierte Sophia dies halb scherzend, halb forschend, nachdem sie Platz genommen hatten.

»Ich kann doch als einzige Person keinen Vierertisch belegen. Also nehme ich immer den kleinsten Tisch, wenn ich hier bin, und das ist dieser hier«, erklärte Dennis mit einem Zwinkern in den Augen.

»Du bist doch bestimmt nie lange alleine hier sitzen geblieben, oder?«, neckte Sophia weiter. Inzwischen hatte sie die Zeit und innere Ruhe gefunden, sich Dennis genauer anzusehen. Er war groß, hatte ein breites Kreuz und ein sanftes Gesicht. Dennis sprach mit dem ganzen Körper und seine Gesichtsmimik wechselte abwechselnd von männlich auf jungenhaft. Dennis' Frisur war äußerst gepflegt und sah aus, als wäre er gerade vom Frisör gekommen. Sein mittelbraunes, kurzes Haar war eine betörende Ergänzung zu seinen hellblauen Augen.

Eine junge, blonde Bedienung mit offenherzigem Dekolletee kam und fragte nach ihren Wünschen. Sophia bestellte einen Cappuccino und Dennis einen doppelten Espresso. Als Sophia ihn ungestört betrachten konnte, während er mit der Bedienung sprach, machte ihr Herz plötzlich einen Sprung und ihr wurde heiß. Ihr Blick wanderte zu seinen gestikulierenden Händen und der Wunsch entflammte in ihr, er möge sie mit diesen Händen an ganz privaten Körperteilen berühren.

»Sophia, hast du mir zugehört?«, unterbrach Dennis sie.

»Ja, eigentlich nein. Ich war gerade in Gedanken«, gab Sophia nach Luft ringend zu.

»Du bist ja völlig weggetreten. Hoffentlich war es ein angenehmer Traum«, neckte Dennis sie. »Ich habe dich gerade gefragt, ob du auch eine heiße Waffel essen möchtest.«

»Nein, danke!«, reagierte Sophia, während ihre Augen ihn nicht loslassen wollten.

Die Bedienung verschwand, während sie aufreizend mit ihrem Hintern wippte. Doch Dennis schien dies nicht zu bemerken.

KAPITEL 6

Dennis war nicht weniger fasziniert von Sophia als sie von ihm. Sie strahlte eine starke Persönlichkeit gepaart mit Verletzlichkeit und Hilflosigkeit aus. Ihr schmaler, wohl gerundeter Körper wurde nur noch durch ihre großen, grünbraunen Augen übertroffen. Sophias rundes, mädchenhaftes Gesicht wurde von einer kecken Kurzhaarfrisur umrahmt, die ihre natürlichen blonden Haare gut zum Ausdruck brachte. Wie gerne hätte er ihr jetzt durch ihr Haar gestrichen. Aber Dennis war für die erste Begegnung schon weit genug gegangen.

»Typisch Eltern«, begann Dennis räuspernd das Gespräch, »endlich sind wir mal unsere Ableger los, dann sitzen wir im Café und warten, bis wir sie wieder abholen können.«

Sophia lachte. »Wir müssen wohl auch erst einmal lernen, mit unserer neuen Freiheit zurechtzukommen. Allerdings werde ich ab nächster Woche an den Vormittagen beschäftigt sein. Ich habe einen Aushilfsjob angenommen.«

»Schade, ich brauche auch noch eine Aushilfskraft bei mir. Solch eine Frau wie dich hätte ich nur zu gerne eingestellt.«

»Du kennst mich doch noch gar nicht, Dennis«, wunderte sich Sophia.

»Ich sehe dich, rede mit dir und kenne dein Kind. Oft weiß ich noch nicht einmal so viel von einer neuen Angestellten«, erklärte Dennis.

»Na ja, du wirst dir wohl deren Lebensläufe angeschaut haben?«, fragte Sophia nach.

»Ja, aber was sagt der schon über einen Charakter aus?«

»Du bist also Chef?«, überging Sophia Dennis' Antwort. »Heute hast du vermutlich Urlaub genommen, damit du deinen Sohn zum Kindergarten bringen kannst? Ist deine Partnerin auch berufstätig?« Sophia sprudelte alle Fragen, die ihr auf dem Herzen lagen, auf einmal heraus. Sie fühlte sich plötzlich aufgedreht und auf eine erstaunliche Weise beschwingt.

»Du hast bestimmt einen Aushilfsjob in der Marktforschung?«, lachte Dennis los. »Fragen über Fragen und keine Zeit zum Antworten.«

Sophia reagierte nicht. Sie wollte etwas über Dennis erfahren, bevor sie mehr über sich selbst erzählte.

Dennis kniff erst kurz die Augen zusammen, dann stützte er sich mit den Ellbogen auf den niedrigen Bistrotisch und beugte sich nach vorn, sodass er Sophia noch näher war. Diese Geste zeigte nichts von männlicher Dominanz, aber umso mehr von kindlichem Vertrauen und Offenheit. »Eine Partnerin habe ich nicht. Die Mutter von Mikey starb vor anderthalb Jahren an Herzversagen. Laura war von Geburt an schon herzkrank. Ich wusste, dass ich mit ihr nicht alt werden würde, aber sie wünschte sich so sehr ein Kind.« Dennis' Stirn hatte längliche Sorgenfalten über der Nasenwurzel bekommen.

»Das tut mir so leid«, sagte Sophia ehrlich und legte ihre Hand auf seine.

»Ich habe lang genug getrauert. Aber Mikey leidet noch darunter, dass keine Frau im Haus ist, auch wenn sich meine Schwiegereltern rührend um ihn kümmern. Es ist jedoch leider nicht das Gleiche, als wenn er eine Mutter oder Stiefmutter hätte und wir eine kleine, richtige Familie wären.« Dennis schaute Sophia weich an, aber sie zuckte zurück. Sie wollte nicht, dass er mit ihr flirtete, weil Mikey eine Stiefmutter brauchte. Sophia wollte, dass Dennis sie begehrte und als Frau wahrnahm.

Sophia schüttelte abrupt den Kopf, als könne sie ihre romantischen Wünsche so aus ihrem Kopf vertreiben.

»Großeltern können schon vieles ersetzen, wenn ein Elternteil fehlt. Ich wünschte, Anna hätte das Glück, dass wenigstens einer der Großeltern an ihr interessiert wäre.« Sophia stöhnte auf.

»Ich verstehe nicht, dass es Großeltern gibt, die kein Interesse an ihren Enkelkindern haben«, fragte Dennis nun völlig ungläubig. Schon wieder strahlten seine großen, fragenden Augen und von seiner in Falten gelegten Stirn ging ein solch jungenhaftes Weltvertrauen aus, dass in Sophia der Drang wuchs, Dennis alles erzählen zu wollen.

»Die Eltern von Annas Vater hielten mich von Anfang an ihres Sohnes für nicht würdig. Mein Verlobter hatte gerade eine eigene Arztpraxis eröffnet und seine Eltern sind beide erfolgreiche Anwälte. Ich als untergeordnete kaufmännische Angestellte in einer kleinen Bank war schlichtweg unter ihrem Stand und sollte vor ihren Freunden vertuscht werden. Als sich der Vater von Anna dann einen Tag nach ihrer Geburt von mir trennte, handelten sie noch einen Mindestunterhalt aus und wollten von da an nichts mehr mit uns zu tun haben. Meine Eltern sind leider schon früh gestorben und Geschwister habe ich keine.« Sophia hatte versucht, all dies rein sachlich und ohne Gefühle zu erklären, aber dennoch zitterte ihre Stimme dabei unüberhörbar.

Als sie ihre Schilderung beendet hatte, saß Sophia ruhig und gedankenverloren auf dem Caféstuhl.

Sie tat Dennis nun unendlich leid. Spontan stand er auf, kniete sich vor ihr hin und nahm sie zärtlich in den Arm.

Die Trauer und Wut in Sophia verschwand augenblicklich. Sie spürte Dennis' Arme an ihrem Rücken und seine kurzen, frisch duftenden Haare kitzelten an ihrer Wange. Er war ihr so nahe, dass der Gedanke sie schmerzte, dass er sie bald wieder loslassen würde.

Sophia legte ebenfalls ihre Arme um Dennis und drückte sich fest an ihn. Da er vor ihrem Stuhl kniete, auf dem sie noch saß, befanden sie sich direkt auf gleicher Augenhöhe.

Spontan löste sich Sophia von ihm. Es hatte ihr so gut getan und ihr Inneres in ein unwirklich anfühlendes Hochgefühl gehoben.

Aber sie durfte es nicht noch einmal zulassen. Sophia wollte auf keinen Fall nur die Lücke einer Stiefmutter für Mikey in seinem Leben füllen.

KAPITEL 7

»War meine Umarmung etwa unangenehm für dich?«, reagierte Dennis auf ihren Versuch, der Nähe zu ihm zu entkommen. Dabei schob er unwissentlich den Unterkiefer vor und schaute sie mit einem Blick an, der männliche Dominanz und kindliche Bockigkeit in sich trug. Zusammen mit seinem maskulin durchtrainierten Körper, seiner Wärme und seiner Attraktivität war seine Ausstrahlung von Gegensätzen geprägt, die Sophia immer mehr in einen hypnotischen Bann zu ziehen drohten. Sie konnte und wollte sich seiner Anziehung nicht mehr völlig entziehen.

Sophia schaute auf Dennis' volle Lippen und kam ein Stück auf sie zu. Plötzlich nahm Dennis ihren Kopf sanft in seine Hände und berührte ihre Lippen mit den seinen. Es war nur ein kurzer, einfacher Kuss, aber dieser zarte Hauch von lustvollem Abstandhalten ließ ihren Körper beben.

Dennis ließ Sophia langsam los und richtete sich auf. Er zwinkerte ihr wortlos zu und setzte sich wieder auf seinen Stuhl ihr gegenüber.

»Danke für dein Mitgefühl«, versuchte Sophia das gerade Geschehene zu bagatellisieren.

»Mitgefühl ist das eine, Herzensgefühl jedoch etwas ganz anderes«, reagierte Dennis langsam.

Sophia verstand in ihrem aufgewühlten Zustand nicht, was er ihr damit sagen wollte. Also wich sie diesem Thema aus. »Du bist wohl ein richtiger Philosoph oder ein Künstler«, neckte sie ihn.

»Ich bin ein Friseurmeister mit einer zusätzlichen Visagistenausbildung und einem eigenen Salon sowie integriertem Visagistenzimmer. Meine Angestellten übernehmen die Frisörtätigkeiten nahezu vollständig, während ich Männern und Frauen zu mehr Selbstbewusstsein verhelfe.«

»Du schminkst sie also?«, fragte Sophia verblüfft.

»In erster Linie hole ich das Besondere aus den Gesichtern der Herren und Damen heraus. Jeder Mensch ist auf seine Weise bemerkens- und beachtenswert. Man muss es nur sehen und erkennen können. Dafür bin ich dann da, um diese Eigenschaften oder Schönheiten herauszustreichen und vor allem auch zu unterstützen.« Dennis hatte sich in

Begeisterung geredet. Seine hellblauen Augen strahlten warm und seine Hände arbeiteten bereits an einem imaginären Gesicht.

Sophia fragte sich sofort, ob er auch so kunstvoll mit den Rundungen eines, vorzugsweise ihres, weiblichen Körpers umgehen könnte. Sie stöhnte unwillentlich leise auf.

Dennis schaute sie forschend an. »Ich meinte damit nicht, dass Frauen eine Verschönerung unbedingt nötig hätten«, deutete er ihr Stöhnen falsch. »Dennoch haben vor allem die Damen häufig Minderwertigkeitsgefühle, weil sie glauben, sich mit den künstlich verschönten Fotos der Modells nicht messen zu können. Leider wissen einige nicht, dass es nichts Schöneres für einen Mann gibt, als die Vielfalt und Natürlichkeit einer Frau.«

Bei Dennis' leidenschaftlicher Rede musste Sophia lachen.

Doch Dennis hatte seinen Vortrag offensichtlich noch nicht vollständig beendet. »Wir Visagisten und Frisöre sehen nicht nur die Fassade eines Menschen, sondern auch die verborgenen Schätze. Zum Beispiel bist du, Sophia, ein ganz großer Diamant.« Nun schaute Dennis ihr tief in die Augen und wartete ab.

Sophia spürte, wie sie sich immer mehr nahezu willenlos Dennis unterwerfen wollte. Aus Angst, dass sie sein Kompliment überbewertete oder er sogar nur auf eine Stiefmutter für Mikey aus war, schüttelte sie den Kopf und antwortete: »Du meinst sicher, ich sei ein großer, ungeschliffener Diamant. So in etwa hat sich auch mein Ex-Verlobter ausgedrückt. Das war kurz, bevor er mich wegen einer anderen Frau verließ.«

Dennis lächelte sanft und verständnisvoll. »Nun ja, eher ein großer, geschliffener Diamant, der aber wohl einige Zeit unentdeckt in einer Diamantenmine auf den richtigen Finder gewartet hat.« Er legte die rechte Hand auf ihre eiskalten Finger. Noch immer schaute er sie mit großen, glitzernden Augen und einem eindringlich warmen Blick an. Egal, was kam, sie wollte es mit diesem Mann versuchen.

Plötzlich setzte er sich jedoch zurück und schaute auf seine Armbanduhr. »Schade, es ist schon so spät. In einer halben Stunde können wir unsere »Ableger« bereits wieder vom Kindergarten abholen.«

Verwirrt nickte Sophia. Mit dem plötzlichen Stimmungswechsel kam sie so schnell nicht zurecht.

Dennis lächelte verschmitzt. »Es wäre toll, wenn Mikey und Anna tatsächlich heute Nachmittag bei dir spielen könnten, wie du es vorhin Mikey versprochen hast. Ich müsste noch einmal in den Großmarkt fahren und mein Söhnchen langweilt sich dort immer sehr. Aber wenn du was anderes geplant hast, ist es auch nicht schlimm«, beeilte sich Dennis zu sagen, als er den noch immer verstörten Gesichtsausdruck von Sophia sah.

»Nein, das ist in Ordnung. Es wäre für unsere beiden Kinder gut, wenn sie sich anfreunden würden«, reagierte Sophia noch immer verwirrt. Auch sie selbst wünschte sich, dass die Kinder Freunde würden, denn dann könnte sie auch besseren Kontakt zu Mikeys Vater halten.

»Das ist schön«, antwortete Dennis kurz. Er schien plötzlich tief in seinen eigenen Gedanken versunken zu sein.

KAPITEL 8

Mit gemischten Gefühlen und merklich nervös warteten Dennis, Sophia und die anderen Eltern überpünktlich vor der geschlossenen Kindergartentür. Als sie herein gelassen und die Kinder nach und nach herausgerufen wurden, war deutlich zu merken, dass ihnen der Vormittag im Kindergarten sehr gut gefallen hatte. Die meisten der Jungen und Mädchen hatten gerötete Wangen und erzählten sofort laut, was sie alles gemacht haben. Auch Mikey und Anna rannten ihren Eltern freudestrahlend entgegen. Erleichtert stellten Sophia und Dennis fest, dass sie durchaus bereit zu sein schienen, auch am nächsten Tag den Kindergarten zu besuchen.

Wie versprochen, gingen Sophia, Anna und Mikey noch ein Eis essen, bevor die beiden Kinder begeistert mit der großen Autorennbahn spielten.

Dennis hatte sich am Kindergarten noch nach der Anschrift von Sophia erkundigt und sich mit den kühlen Worten: »Ich hole Mikey dann um 18:00 Uhr wieder ab« von Sophia und den Kindern verabschiedet. Während Dennis in Gedanken schon an seinen Plänen für den Abend bastelte, hätte Sophia gern nochmal sein warmes Leuchten in den hellblauen Augen gesehen.

Sophia konnte es kaum abwarten, dass sie Dennis am Abend noch einmal sehen konnte, wenn er Mikey abholte. Dennis hingegen schien es nicht besonders eilig zu haben. Mit einer nahezu an Dreistigkeiten grenzenden Verspätung von einer halben Stunde klingelte Sophias Türglocke.

Als Sophia nach einem tiefen Durchatmen den Türöffner für die Außentür betätigte und die Tür öffnete, stand Dennis bereits verschmitzt lächelnd vor der Wohnungstür. In der rechten Hand hielt er einen großen, bunten Blumenstrauß.

»Du brauchst dich nicht für die Verspätung zu entschuldigen. Unsere Kinder verstehen sich sehr gut und haben die ganze Zeit brav miteinander gespielt«, reagierte Sophia erfreut und beschämt zugleich.

»Mit dem Blumenstrauß will ich mich nicht entschuldigen.« Dennis' Augen strahlen wieder, so wie Sophia es liebte. »Sondern ich möchte euch einladen.«

»Eine Einladung? Wozu?«

»Ich würde mich sehr freuen, wenn ihr mit mir in einem Restaurant Abendessen würdet, das zudem eine sehr gute Spielecke für unsere Kleinen hat.« Dennis schaute Sophia erwartungsvoll an.

»In dem Blumenstrauß ist sogar eine rote Rose!«, rief Sophia entzückt aus.

»Natürlich!«, lächelte Dennis. »Es ist doch klar weswegen?«

»Dann kann ich wohl gar nicht mehr absagen, oder?«, fragte Sophia mit klopfendem Herzen.

»Warum solltest du mir einen Korb geben? Ich bin sicher der beste Mann, dem du heute begegnet bist. Ich wäre zudem ein guter Vater und du eine super Mutter für unsere Kinder. Zumindest für heute Abend sind wir dann eine kleine, perfekte Familie.« Dennis zwinkerte Sophia mit einem weichen Lächeln zu.

Sophia schluckte. Schon wieder hatte er die Vorteile einer Beziehung mit ihr darin gesehen, dass die Kinder den zweiten Elternteil und ein

Familienleben brauchten. Vielleicht sollte sie doch absagen.

»Weißt du…«, begann sie daher vorsichtig, da kamen jedoch die Kinder in die Diele gestürmt.

»Mama, ich habe gehört, wir gehen noch zusammen essen! Ich freu mich so!« Annas Wangen waren schon wieder knallrot.

Mikey dagegen umarmte nur seinen Vater. Er schien die Warmherzigkeit von Dennis geerbt zu haben. »Ein wirklich liebenswerter Junge, genauso wie sein Vater«, dachte Sophia mit schwerem Herzen. Sie wäre gerne seine Stiefmutter, aber sie wollte von Dennis nicht nur zu diesem Zweck umschwärmt werden.

»War es schön, mein Held?«, fragte Dennis ihn.

»Ja, und wie! Anna hat ganz tolle Spielsachen und sie sagte, sie ist meine beste Freundin.«

Dennis, der sich inzwischen vor Mikey gehockt hatte, schaute bedeutungsvoll zu Sophia hoch. »Dann müssen Annas Mutter und ich wohl auch beste Freunde werden.«

»Oh ja!«, jubelte Anna und schaute Sophia an. »Dann bist du nicht immer so traurig, Mama. Dann hast du auch einen Freund zum Spielen.« Es war Sophia zwar peinlich, dass

Dennis jetzt von ihr dachte, sie sei eine sich dauernd selbst bemitleidende, traurige und somit wenig lebensfrohe Singlemutter, aber dennoch musste sie lachen. »Ich weiß nicht, ob Dennis tatsächlich mit mir spielen möchte. Er hat ein eigenes Geschäft und ist sehr beschäftigt.«

Aber Dennis protestierte: »Natürlich will ich mit deiner Mama spielen. Erwachsene haben zwar ihre eigenen Spiele, aber auch die machen ungeheuer viel Spaß. Das geht aber nur, wenn auch deine Mama meine beste Freundin sein will.«

Nun schauten drei Augenpaare Sophia erwartungsvoll an.

»Ja, ist gut. Ich will natürlich auch Dennis' beste Freundin sein«, gab Sophia zu. Einerseits freute sie sich, dass Dennis sie zu seiner »beste Freundin« gemacht hatte. Andererseits hatte Sophia aber das Gefühl, dass er ihr das aus dem Tiefsten ihres Herzens kommende Zugeständnis nicht wirklich ernst nahm.

KAPITEL 9

Im Restaurant mit Dennis und ihren beiden Kindern verbrachte Sophia die leichtesten zwei Stunden der letzten Jahre. Er unterhielt sie auf eine temperamentvolle, witzige und jungenhafte Art, sodass sie immer faszinierter von seiner Ausstrahlung war. Sophia begrüßte jede neue Geschichte mit einer Spannung, die ihren ganzen Körper durchdrang. Seine feinen und dennoch geschickten, hellen Hände mit den langen Fingern beschrieben seine Aussagen so bildlich, dass Sophia oft dachte, dass sie nahezu ein Eigenleben führen mussten. Dennis' Sätze sprudelten nur so aus ihm heraus und dennoch wirkte es niemals nervös oder gestresst.

Die Kinder spielten schon eine halbe Stunde wunderbar miteinander in der umfangreichen Spielecke und die beiden Elternteile konnten sich daher auf sich konzentrieren.

Jedoch fand auch Sophia zu ihrer unbekümmerten Art zurück. Sie lachte viel und scherzte mit ihm. Dennis liebte es, wie sie auf alles reagierte, was er tat und sagte. Sie war eine äußerst attraktive Frau, die voller Lebensfreude steckte, wenn man sie trotz ihres schwierigen Alltags nur zu wecken verstand.

Plötzlich wurde Dennis ernst und seine Stimme leiser. Er stützte sich wieder auf seine Ellbogen auf und beugte sich nach vorn. »Du bist ein sehr schöner Diamant, Sophia, der von jeder Seite eine andere bunte Fassette zeigt. Du gleichst einem kostbaren Stein, den jeder haben will, sobald er ans Licht kommt. Aber ich habe dich jetzt gefunden, aufgehoben und werde ihn ab jetzt nahe an meinem Herzen tragen.«

Sophia schluckte. Die Metaphern beinhalteten vermutlich ein Liebesgeständnis, aber Sophia war verwirrt. Was sollte so kostbar an ihr sein? War sie nur ein wichtiger Edelstein, weil sie mit Mikey gut zurechtkam und sie in sein Leben passte?

»Es gibt viele kostbare, fassettenreiche Diamanten auf dieser Welt«, antwortete sie ausweichend und wohl wissend, dass sie die ganze Stimmung damit zerstörte.

Dennis lachte auf und schüttelte leicht den Kopf. Er schien ihre Zweifel an seinen

Komplimenten zu bemerken, reagierte aber nicht mehr weiter darauf.

Jedoch gerade ihre bescheidene Selbstsicherheit, ihr ungekünsteltes Verhalten verstärkt durch ihren zierlichen, schutzbedürftig wirkenden Körper weckte sein Interesse an ihr. In seiner Tätigkeit als Visagist führte er täglich viele Gespräche mit selbstunsicheren Frauen und lernte dadurch genau, wie man mit ihnen umgehen und sie sogar manipulieren konnte.

Bald schon hatten sie jedoch einen lockeren Umgangston wiedergefunden. Nach dem üppigen Nachtisch und der Bezahlung durch Dennis, fing Mikey an zu betteln: »Ach bitte, kann Anna jetzt nicht mit zu uns kommen? Ich will ihr so gerne auch meine Spielsachen zeigen und vor allem mein Rennautobett. Bitte, bitte, wir sind auch ganz ruhig.«

»Ja, Mama, bitte!« So müde die beiden Kinder wirkten, so ungerne wollten sie den spannenden Tag jetzt beenden.

»Anna, Mikeys Vater hat viel Arbeit und Verantwortung. Ihr seid doch auch schon sehr müde. Schon morgen Früh könnt ihr wieder im Kindergarten miteinander spielen.«

»Wir sind noch so munter. Nur noch eine halbe Stunde, bitte!«, bettelte Mikey.

»Du brauchst nicht so zu bitten, kleiner Held!«, wandte Dennis ein, »ich hatte sowieso deine Mutter bitten wollen, dass wir noch auf ein Gläschen Wein zu uns fahren.«

Da Sophia im Grunde auch noch keine rechte Lust hatte, diesen wunderschönen Abend jetzt abrupt zu beenden, stimmte sie nur zu gerne zu: »Dennis, du bist unserer Fahrer. Du bestimmst daher, wo es jetzt hingeht.«

KAPITEL 10

Dennis' Wohnung war sehr kühl eingerichtet, was im Gegensatz zu seiner Warmherzigkeit ein bemerkenswerter Stilbruch war. Die Möbel sowie Tapeten waren durchgehend in Weiß gehalten und die Böden mit dunkelbraunem Parkett ausgelegt.

»Bei dieser Einrichtung brauchst du wohl eine Putzfrau, die täglich die Fingerabdrücke von den hellen Möbeln wischt«, neckte ihn Sophia.

»Die habe ich tatsächlich. Aber so schlimm ist das gar nicht. Diese Möbel sind sehr leicht abzuwischen und lassen die Räume noch heller erscheinen.«

Mikeys Kinderzimmer war zwar auch sehr groß, aber eine kindliche Rennfahrertapete, die das riesige Rennfahrerbett ergänzte und die bunten Kindermöbel machten es zu einem gemütlichen Spielraum.

Nun führte Dennis Sophia in das Wohnzimmer, das passend zur sonstigen Einrichtung ein weißes Ledersofa enthielt.

»Setz' dich, Sophia. Ich hole schnell die Gläser und den Rotwein.« Sophia nahm vorsichtig auf dem Sofa Platz. Hoffentlich verschüttete sie bloß keinen Tropfen von dem Rotwein. Rote Flecken würden auf der weißen Couch fürchterlich aussehen.

Als Dennis mit einem Tablett, zwei Gläsern und der bereits geöffneten Flasche hereinkam, lachte er. »Gut, dass du keine Berührungsängste hast. Die meisten Gäste befürchten, sie würden sofort Flecken auf meiner hellen Couch hinterlassen.«

»Ich glaube, rote Spritzer auf einem weißen Sofa würden deine nächsten Besucher sofort in die Flucht schlagen«, kicherte Sophia.

»Dann sage ich ihnen, dass meine Freundin schuld ist - meine beste Freundin.« Dennis füllte die Weingläser und reichte Sophia eins davon. Dann setzte er sich dicht neben sie.

»Dann stoßen wir mal auf die besten Freundschaften an - die unserer Kinder und unsere.« Dennis lächelte und zwinkerte Sophia zu.

Sie nahm einen großen Schluck, in der Hoffnung, er könnte ihre zitternden Hände beruhigen.

»So nett, wie du hier bei mir bist, kann ich mir gar nicht vorstellen, dass du der Chef in einem eigenen Geschäft bist und deine

Angestellten anmotzt, wenn sie nicht schnell genug arbeiten.« Sophia schaute Dennis tief in die Augen.

»Meine Angestellten sind tolle Menschen und Mitarbeiter. Die muss man nicht anmotzen.« Dennis legte einen beleidigten Blick auf, wobei er die Unterlippe vorschob.

»Eigentlich hättest du Schauspieler werden sollen«, amüsierte sich Sophia begeistert.

»Das wäre gar nichts für mich«, beteuerte Dennis. »Ich sage das, was ich denke und nicht das, was das Drehbuch mir vorschreibt oder jemand anderes denkt, was ich sagen soll. Zudem küsse ich nur eine Frau, die meine beste Freundin ist.« Dennis nahm Sophia das Glas aus der Hand und stellte es auf den weißen Holzcouchtisch. Sanft legt er den linken Arm um Sophias Schulter und zog sie langsam an sich heran. Mit seinen hellblauen Augen fixierte er ihre Augen, als könne er sie damit beschwören, es geschehen zu lassen. Langsam näherten sich seine Lippen den ihren. Viel zu sanft liebkoste er Sophias Lippen, sodass ständige Schauer durch ihren Körper liefen. Sie liebte diesen Mann. Sie begehrte ihn so sehr, dass sie den Gedanken aufgab, sich ihm zu widersetzen. Seine Zunge öffnete ihre Lippen und bahnte sich den Weg in ihren

Mund, während seine andere Hand ihre Schenkel streichelte.

Als sich Dennis wieder von ihr löste, stöhnte Sophia nur: »Wir müssen aufpassen… die Kinder.«

»Wie ich Mikey kenne, hat sich dieser Hinderungsgrund bereits erledigt. Ich schau mal eben nach.«

Ruhigen Schrittes lief er los, um im Kinderzimmer nach dem Rechten zu schauen. Es dauerte eine Weile, ehe er wiederkam.

»Also, Sophia. Ich muss dir leider mitteilen, dass die beide Kleinen schlafend auf dem Bett von Mikey lagen. Ich habe sie nur noch ordentlich in sein Bett gelegt und zugedeckt. Sie haben beide bequeme Hosen und Pullis an. Das geht mal eine Nacht. Ist das in Ordnung für dich?«

»Ja, aber dann kannst du mich nachher nicht nach Hause bringen und die Kinder alleine lassen«, überlegte Sophia.

Jedoch Dennis legte den Finger auf ihre Lippen. Er nahm ihn erst wieder weg, als er seinen eigenen Lippen dort Platz machen wollte. Ein kurzer, sanfter Kuss, der immer fordernder wurde. Ohne Anstrengung hob er daraufhin die zierliche Sophia hoch und trug sie in sein Schlafzimmer. Er legte sie sanft aber schweigend auf sein großes französisches Bett.

Sofort begann er, ihre Hose zu öffnen. Sophia spürte die Rückseite seiner Hand, als er versuchte, den sperrigen Jeansknopf durch die enge Öffnung zu schieben. Seine Hand war weich und warm. Seine sanfte Berührung trieb leichte kribbelnde Stromstöße durch ihren Unterkörper. Es tat weh. Es schmerzte, warten zu müssen, bis er ganz nah sein würde - bis sie seinen Körper spüren und an sich drücken könnte. Dennis zog sich seinen Pulli über den Kopf. Seine sonst so wohl sortierten Haare wirkten aufgelöst und spiegelten genau Sophias Stimmung wider. Sie berührte vorsichtig seine Wangen, seine Haare und seine volle Unterlippe. Egal, was sie nach dieser Nacht erwartete, sie wollte ihn.

KAPITEL 11

Plötzlich wurde die Schlafzimmertür mit einem lauten Knall aufgerissen. Sophia war klar, dass solch eine Kraft nicht von eines der Kinder kommen konnte.

»Dennis, ist dir eigentlich klar, dass Mikey jederzeit hier hereinstürzen könnte?« Die Stimme einer älteren Frau ertönte im tadelnden Ton.

»Du meinst, genau so unangebracht wie du jetzt, Regine?« Dennis richtete sich auf.

Dennis verdrehte die Augen und stöhnte leicht auf, aber sprach dann in einem ruhigen Ton weiter: »Das an der Tür ist meine Schwiegermutter Regine und die wunderschöne Frau im Bett ist meine beste Freundin!« Ein schelmisches Lächeln huschte über Dennis' Gesicht, ehe er wieder ernst wurde.

»Dennis, ich fasse es nicht. Deine Frau, meine Tochter, ist erst seit anderthalb Jahren tot und du stellst deine männlichen Bedürfnisse über die angemessene Wertschätzung deiner verstorbenen Frau.« Aus Regines Stimme hörte man Wut und Entsetzen heraus.

Dennis setzte sich an den Bettrand. »Deine Wertschätzung für meine Freundschaften ist auch nicht gerade lobenswert. Laura ist, wie du selbst so richtig sagtest, schon anderthalb Jahre tot. Nicht nur ich möchte eine neue Freundin haben, sondern auch Mikey täte eine Stiefmutter sehr gut.« Sophia musste mal wieder schlucken. Es wirkte so, als sei sie als Ersatz für Laura in all ihren Rollen gedacht und sollte vor allem Mikey guttun.

»Mikey braucht keine Stiefmutter. Seine eigene Mutter ist gestorben und sie kann keine andere Frau auch nur annähernd ersetzen. Zudem kümmern wir uns doch jetzt ständig um ihn.« Trauer trat auf Dennis' Gesicht und äußerte sich durch Falten auf seiner Stirn.

»Regine, keiner will dir Mikey wegnehmen. Es ist euer Enkelkind und daran wird nichts etwas ändern. Du kannst ihn besuchen und sehen, wann immer du willst. Deswegen habe ich euch auch den Schlüssel zu meiner Wohnung gegeben. Allerdings würde ich dich das nächste Mal bitten, nicht einfach in mein Schlafzimmer zu stürzen.«

Regine holte tief Luft: »Dennis, ich hatte gesehen, dass eine Frauenhandtasche im Wohnzimmer lag. Du bist nur ein Mann und hast vermutlich nicht an die Folgen für Mikey gedacht, wenn er dich mit einer anderen Frau im Bett sieht, nachdem seine Mutter gestorben ist. Befriedige deine Bedürfnisse bitte demnächst woanders oder in entsprechenden Etablissements.« Regines Blick war scharf auf Sophia gerichtet. Dennis senkte verzweifelt den Kopf und schüttelte ihn, antwortete jedoch nicht.

»Jetzt reicht es!« In Sophia stiegen Wut und Enttäuschung auf. Wie ernst meinte es Dennis wirklich mit ihr? Wie viel Macht hatte seine tote Exfrau und deren Mutter noch über ihn? Sophia fühlte sich ausgeschlossen und gedemütigt. »Ich bin weder eine Prostituierte, noch jemanden, bei dem man nur seine Bedürfnisse befriedigen kann. Außerdem bin ich es nicht gewöhnt, dass andere Frauen in das Zimmer stürmen, in dem ich halb nackt liege und mir nicht die Chance lassen, mich wenigstens anzuziehen.«

»Du hast Recht, Sophia«, stimmte Dennis zu. »Aber du musst verstehen, dass Regine...«

»Entschuldige Dennis, ich muss gar nichts verstehen. Ich habe nichts Verwerfliches getan und brauche mir das hier auch nicht anzuhören. Wenn ihr noch so sehr an der verstorbenen Laura hängt, lasst mich bitte in Ruhe.«

»Siehst du, Dennis, diese Frau kann Laura nicht ersetzen. Deine Frau hätte Verständnis sowie Mitgefühl für unsere und Mikeys Lage gezeigt und sich entschuldigt. Laura hätte niemals so zickig reagiert, wie diese Frau in deinem Bett.«

Da Regine immer noch keine Anstalten machte, das Zimmer zu verlassen, stand Sophia einfach so halb nackt auf, wie sie war, und zog sich vor den Augen der beiden anderen an. Dennis schwieg dazu. Sophia empfand diese Situation als äußerst demütigend.

»Ich werde Anna wecken und dann hole ich uns ein Taxi.« Sophias Stimme zitterte vor Zorn.

»Sophia, bleib bitte hier. Regine, ich weiß nicht, was du um diese Uhrzeit bei mir zu suchen hast. Gehe bitte, Regine, und lass uns morgen darüber sprechen«, versuchte Dennis die Situation zu lösen.

»Ich darf hier bleiben. Du bist mein Schwiegersohn und mein Enkel schläft nebenan«, protestierte Regine siegessicher.

»Kein Problem, Dennis. Ich wäre sowieso gegangen. Bevor du das nächste Mal auf den Gedanken kommst, mit einer Frau zu flirten, kläre bitte vorher dein Leben.«

»Mist!« Dennis griff sich an den Kopf. »Aber lass doch wenigstens deine Tochter hier, Sophia. Es bringt nichts, sie jetzt zu wecken. Sie ist todmüde und wir werden sie kaum wach bekommen. Entweder du kommst morgen Früh vorbei, damit sie sich noch neue Kleidung anziehen kann, oder ich bringe sie mit zum Kindergarten. Ich kann ihr ein Frühstückspäckchen vorbereiten, wie ich es auch für Mikey tue.«

»Gut, dann treffen wir uns im Kindergarten. Ich kann sie da sicher ausnahmsweise in der Toilette umziehen.« Sophia zog sich ihre Jacke an und ergriff ihre verräterische Handtasche.

Dennis rannte ihr mit nacktem Oberkörper hinterher. Sophia ärgerte sich darüber, dass sie ihn noch immer extrem attraktiv fand, nachdem er nicht mal eindeutig zu ihr gestanden hatte. »Es tut mir sehr leid, Sophia. Ich kläre das hier und das nächste Mal, wenn...«

»Kläre das ruhig, aber ein nächstes Mal wird es nicht geben, Dennis.« Damit verließ Sophia Dennis' weiße Wohnung.

Bevor sie jedoch die Tür vollständig ins Schloss gezogen hatte, hörte sie noch Regines Stimme: »Siehst du, ihr lag nicht viel an dir, sonst wäre sie nicht einfach so gegangen, sondern hätte sich viel netter mir gegenüber verhalten. Sie wollte nur ihr Vergnügen und das war es dann für sie.« Dennis' Antwort, falls überhaupt eine gekommen war, hörte sie nicht mehr, denn sie zog enttäuscht die Tür ins Schloss.

KAPITEL 12

Als Sophia am nächsten Tag wach wurde, fühlte sie sich, als hätte sie am Vortage die Flasche Rotwein alleine ausgetrunken. Sie hatte sich am letzten Abend kaum beruhigen können und inzwischen plagten sie zudem Gewissensbisse. Sie hätte sich nicht so wie eine beleidigte Furie zurückziehen, sondern tatsächlich abwarten sollen, wie Dennis noch reagierte. Sie hatte gewusst, dass er ein warmherziger Mensch war und daher niemals seiner Schwiegermutter gegenüber so hart reagieren würde, wie sie es erwartet hatte. Regine hatte ihre eigene Tochter verloren und sie selbst als Mutter von Anna hätte tatsächlich mehr Verständnis dafür aufbringen müssen.

Aber Sophia hatte gestern alles zerstört. Dennis hatte ihr dauernd Komplimente gemacht und sie hatte stets nur egoistische Motive dahinter vermutet. Selbst wenn Dennis sie auch als Stiefmutter für Mikey gesehen hatte, so schloss es doch eine Liebesbeziehung nicht aus, sondern ergänzte sie idealerweise nur.

Während sich Sophia unter nahezu kaltem Wasser duschte, wunderte sie sich immer noch über ihre eigenen Reaktionen am Vortag. Ein fantastischer, hoch-attraktiver Mann hatte sie als einen wunderschönen sowie kostbaren Diamanten beschrieben und sie hatte nichts Besseres zu tun, als sich gegen ihn zu wehren. Warum hatte sie das bloß getan? War sie noch immer so sehr verletzt, dass Norbert, der Vater von Anna, sie so einfach wegen einer anderen Frau sitzengelassen hatte? Konnte es womöglich sein, dass sie über ihn noch nicht hinweg war? Es war inzwischen über drei Jahre her, dass sie Norbert gesehen hatte. Sophia musste zugeben, dass sie tatsächlich häufig an ihn dachte. Es waren jedoch stets wütende oder traurige Gedanken, die sich darum drehten, dass Anna ohne Vaterliebe, gesichertes Familienleben und in armen finanziellen Verhältnissen aufwachsen musste. Was würde Sophia tun, wenn ihr Ex-Verlobter wieder frei wäre? Würde sie um ihn kämpfen?

Noch mit Schaum in den Haaren fing Sophia lauthals an, zu lachen. Das war grotesk. Eine Beziehung mit diesem verantwortungslosen Mann, der sich für etwas Besseres hielt, würde niemals mehr funktionieren können. Sie kannte Norbert inzwischen viel zu genau.

Dennis hatte ihr nicht nur einen abenteuerlichen Vortag ohne Happy End beschert, sondern zudem bewirkt, dass sie ihre eigenen Gefühle zu sortieren begann.

KAPITEL 13

In diesen Gedanken versunken, kam sie mit sauberer Kleidung von Anna eine viertel Stunde zu früh am Kindergarten an.

Dennis stand bereits dort und begrüßte Sophia mit einem ernsten Gesicht und einem kurzen Winken, als sie noch einige Meter entfernt war. Er wirkte abwartend und auch ein wenig traurig, was Sophias Herz noch weiter beschwerte. Seine hellblauen Augen schimmerten dunkel und hatten den strahlenden Glanz verloren. Mit väterlicher Ruhe hielt er jedoch Anna und Mikey im Blick, die auf dem Vorplatz herumtollten.

Als Sophia ihn erreichte, gab er die Hand zur Begrüßung: »Schön, dass du da bist, Sophia.«

»Ich freue mich, dich zu sehen!«, reagierte Sophia. Dennis drückte ihre Hand und schien auf etwas zu warten. Während sie in dieser peinlichen Situation ihren Blick auf die Kinder richtete, meinte sie: »Warum können unsere Kinder ihre Zuneigung so offen und zwanglos zeigen und wir Erwachsene bekommen das einfach nicht hin?«

Nun sah sie Dennis an, der mit seinem weichen Blick geradezu in ihre Seele zu schauen schien. »Weil wir eine traurige Vergangenheit erlebten und daher Probleme in der Gegenwart haben.«

»Ach, Dennis. Ich war gestern nicht fair zu dir. Es tut mir wirklich leid!« Sophia schaute Dennis schuldbewusst an. Dennis' Gesichtsausdruck veränderte sich langsam. Seine vorhin dunkel wirkenden Augen wurden wieder hellblau und strahlend. Mit einem letzten Blick auf die spielenden Kinder ging er auf Sophia zu und nahm sie fest in den Arm.

»Gestern ist so vieles dumm gelaufen. Wenn du noch geblieben wärst, hätte ich meine noch immer trauernde Schwiegermutter schon noch zum Gehen bewegen können. Nach unserer Vergangenheit braucht alles etwas mehr Zeit und Geduld. Aber ich kann dich auch verstehen. Es war eine peinliche und verletzende Situation. Lass uns dies zum Anlass nehmen, ehrlich über all das zu reden und gemeinsame Lösungen zu finden.«

Sophia genoss diese warmen Worte und vor allem seine männlich starke Umarmung, aber schon hörte sie ihre Tochter Anna: »Mama, das war so schön bei Mikey und Dennis. Heute Morgen gab es sogar warme Pfannkuchen und Kakao.« Jubelnd fiel Anna Sophia in die Arme, nachdem Dennis sie losgelassen hatte.

»Es freut mich so sehr, dass es dir gefallen hat. Gestern wart ihr einfach eingeschlafen und...« Sophia kam nicht mehr dazu, ihren Satz zu beenden, denn Anna redete bereits weiter: »Mikeys Bett war doch groß genug für uns beide. Da hättest du auch noch drin schlafen können. Darf ich heute wieder bei Mikey schlafen? Bitte!«

Dennis lächelte sanft väterlich und schüttelte den Kopf: »Es tut mir leid Anna, aber heute Nacht ist Mikey bei seinen Großeltern. Seine Oma kannst du morgen auch kennen lernen, denn sie wird Mikey zum Kindergarten bringen.«

»Meine Oma ist ganz lieb«, erklärte Mikey.

»Dann will ich aber übermorgen Nachmittag wieder mit Mikey spielen«, beharrte Anna.

»Mikey könnte übermorgen vielleicht bei uns schlafen, oder hast du etwas anderes geplant, Dennis?«, fragte Sophia behutsam nach.

»Nein. Mikey darf gerne bei Anna schlafen, wenn er möchte«, stimmte Dennis zu.

»Ja!«, brüllte Mikey voller Freude.

Inzwischen standen schon einige Eltern mit ihren Kindern vor dem Kindergarten. Es klickte laut und die Tür wurde geöffnet. Die Dreijährigen stürmten mit ihren Eltern durch die schmale Öffnung.

»Anna, komm bitte nochmal kurz in die Toilette. Ich muss dir noch frische Kleidung anziehen.« Sophia nahm ihre Tochter an die Hand und hoffte, dass Dennis nicht verschwinden würde, während sie ihre Tochter umzog. Da Anna jedoch schnell ins Spielzimmer wollte, verhielte sie sich sofort kooperationsbereit und in ein paar Minuten war der Kleidungswechsel vollzogen.

Als Sophia in den Flur kam, in denen die Eltern die Kinder wegbrachten und abholten, stand nur noch ein Vater dort. Es war Dennis, der geduldig auf sie zu warten schien.

Nachdem sich Sophia kurz von ihrer Tochter und der Erzieherin verabschiedet hatte, nahm Dennis sie wie am Vortag an die Hand und verließ mit ihr den Kindergarten.

»Sie denken hier bestimmt, wir seien ein Pärchen«, lachte Sophia.

»Da liegen sie doch nicht falsch?«, reagierte Dennis überrascht.

»Nein!« Sophia fand es plötzlich leicht und einfach, diese Antwort zu geben. So einfach, wie wenn Kinder sagen, dass sie beste Freunde sind.

KAPITEL 14

Dennis legte draußen den Arm um sie und sie ging einfach mit ihm mit zu seinem Auto.

»Sophia, ich muss dich jetzt nach Hause fahren, denn gleich wartet ein wichtiger Kunde auf mich.«

»Sehen wir uns heute Abend?«, fragte Sophia unsicher an.

»Das geht leider auch nicht. Ich habe einen Auftrag, die Darsteller einer Schauspielgruppe heute Abend zu schminken und zu frisieren. In den Pausen wird nachgestylt. Daher werde ich den ganzen Abend dort benötigt.« Dennis zeigte wieder seinen verschmitzten, höchst anziehenden Gesichtsausdruck.

Sophia bedauerte dies, wollte aber nicht aufdringlich erscheinen und sprach daher nicht auf ein Treffen am übernächsten Tag an.

»Aber wenn du möchtest, kann ich meine Schwiegermutter fragen, ob sie auch Anna nimmt. Dann kannst du heute Abend mit mir kommen.«

»Das ist lieb von dir, Dennis. Aber ich denke, das wäre momentan nicht angemessen. Deine Schwiegermutter hat offensichtlich Angst, dass ich einen negativen Einfluss auf ihre

Beziehung zu dir und Mikey habe. Wenn sie jetzt auch noch Arbeit mit meinem Kind hat, wirkt das schnell wie eine Ausnutzung.«

»Vielleicht hast du Recht, Sophia. Das braucht wohl Geduld!«

Dennis öffnete Sophia die Tür seines silbernen BMWs.

»Bei dir hätte ich eher einen knallroten Porsche vermutet«, scherzte Sophia überdreht.

»Den hätte ich bestimmt, wenn ich nicht eine große Rückbank für die Kinder bräuchte.«

Sophia wohnte nicht weit vom Kindergarten entfernt und schon ein paar Minuten später hielt Dennis vor ihrer Haustür.

»Mach es gut, mein glitzernder Diamant!«, verabschiedete sich Dennis.

Sophia beugte sich übermütig zu ihm vor und gab ihm einen Kuss.

»Morgen Abend um ungefähr 18:00 Uhr bin ich bei dir und bringe eine Flasche Wein mit«, waren Dennis' Abschiedsworte, bevor er abfuhr.

KAPITEL 15

Sophias Herz pochte so stark, dass es nahezu schmerzte. Es war noch so lang, bis Dennis endlich bei ihr sein würde. Mikey könnte bei ihnen übernachten. Sie hatte noch ein aufklappbares Gästebett und ihr Bett würde groß genug für sie und Dennis sein - wenn er blieb. Wenn es endlich soweit sein würde, dass er ihr gehörte - und sie ihm. Wenn sie ihn spüren würde, durch sein Haar streichen konnte, seine Haut liebkosen dürfte, sein Duft ihre Sinne schärften und sein Blick ihren Körper dahin schmelzen ließe.

Erst einmal standen ihr jedoch anderthalb Alltage bevor. Wie jeden Morgen schaute sie erst einmal nach Post in ihrem Briefkasten. Dieses Mal jedoch war sie sehr gedankenverloren und bemerkte erst einmal nicht den Brief, der den Absender »Jugendamt« trug.

Diesen Brief und weitere drei legte sie unbeachtet auf den Dielenschrank. Dann öffnete sie ihren Wohnzimmerschrank und nahm sich ein Glas und die Sherryflasche heraus. Sie brauchte einen Schluck, um wieder zu sich zu kommen und ruhiger zu werden. Nachdem sie noch einmal den Vormittag in Gedanken an sich vorbei hatte ziehen lassen und das Glas Sherry leer war, stand sie auf, um ihre täglichen Pflichten zu erledigen.

Als Erstes widmete sie sich der Eingangspost und hoffte, dass keinen unerwartet hohen Rechnungen ihren Tag überschatten würden. Jetzt erst entdeckte sie den Jugendamtsbrief. Mit zitternden Händen öffnete sie ihn hastig. Der Umschlag riss fransig auf. Voller düsterer Vorahnungen faltete sie den Din-A4-Brief auf und überflog ihn. Sie las etwas von »der Vater der dreijährigen Anna« und »klagt sein Besuchsrecht ein«.

»Warum gerade jetzt nach über drei Jahren?«, fragte sich Sophia. Dennoch war ihr klar, dass sie weder das juristische noch das moralische Recht hatte, Anna den Kontakt mit ihrem Vater zu verbieten, egal wie arrogant, verletzend oder unzuverlässig er sich auch in der Vergangenheit gezeigt hatte.

Der zweite Brief enthielt die monatliche Internet- und Telefonnetzwerkrechnung. Da sie vorsorglich eine Flatrate eingerichtet hatte, erwarteten sie hier wenigstens keine bösen Überraschungen.

Auf dem dritten Brief war kein Absender angeben. Ihre Anschrift war mit einem Computer geschrieben worden. Sophia vermutete einen Werbebrief von irgendeiner Versicherung dahinter. Uninteressiert öffnete sie auch diesen Umschlag, indem sie ihn einfach aufriss. Der Brief war ebenfalls in einer Computerschrift, aber enthielt eine ihr bekannte Unterschrift, die sofort unangenehme Gefühle in ihr auslöste. Der Brief kam unverkennbar von ihrem Ex-Verlobten Norbert. Vermutlich hatte er ihn sogar zum Tippen seiner Sekretärin gegeben. Er würde sich doch für Sophia und seine Tochter nie so weit herablassen, selbst einen persönlichen Brief zu schreiben und abzuschicken. Mit unangenehm klopfenden Herzen las sie:

»Liebe Sophia,

offensichtlich ist dein Stolz doch stärker, als ich dachte. Du hast dich nicht bei mir gemeldet, obwohl ich weiß, dass es mit deiner finanziellen Situation nicht zum Besten steht.

Ich weiß, dass du sehr unter meiner Zurückweisung leiden musst.

Ich lebe ihn gesicherten Verhältnissen. Ich bin verheiratet und meine Frau erwartet ein Baby. Anna bekommt eine kleine Schwester. Bei mir würde Anna die beste Ausbildung, eine große Familie, eine gesicherte finanzielle Zukunft und einen hohen gesellschaftlichen Stand erhalten.

Ich würde dich im Gegenzug mit einem großzügigen finanziellen monatlichen Unterhalt entschädigen.

Natürlich gehe ich davon aus, dass du auf das Besuchsrecht verzichten wirst, um Anna nicht doch noch in deine sozial niedrige Schicht herunterzuziehen.

Jede Mutter will nur das Beste für ihr Kind und ich denke, da bist auch du nicht anders.

Denke über das einmalige Angebot für deine Tochter nach. Morgen Abend werde ich zu dir kommen und Anna dann zu mir nehmen.

Der Vater von Anna

P. S.: Das Jugendamt hat mir das gesetzliche Besuchsrecht eingeräumt und ist auch mit der Übernahme des Sorgerechtes und Aufenthaltsbestimmungsrechtes von mir einverstanden, wenn du zustimmst.«

KAPITEL 16

Sophia hatte den Eindruck, jemand hätte ihr das Herz aus dem Körper gerissen. Er wollte Anna. Er hatte nicht miterlebt, wie sie aufwuchs. Anna kannte ihren Vater gar nicht. Er war ein völlig Fremder für sie. Nur wegen seines vielen Geldes und seiner Kontakte sollte das Jugendamt ihm nun nach seiner Aussage das Sorgerecht und Aufenthaltsbestimmungsrechts zugestehen?

Einen Moment überlegte sie, Dennis anzurufen. Er war ihr Freund und sollte davon erfahren. Sie hatte bereits ihr Handy in der Hand, als sie es wieder zuklappte, da sie sich an Dennis' wichtigen Termin erinnert hatte. Sie durfte die Freundschaft nicht gleich mit Hilfe suchenden Anrufen belasten.

Sophia kramte den Brief vom Jugendamt heraus und wählte stattdessen die Nummer der Sachbearbeiterin. Es meldete sich jedoch eine andere Mitarbeiterin.

»Ich möchte gerne die Sachbearbeiterin Frau Schneider sprechen«, bat Sophia mit zitternder Stimme.

»Es tut mir leid, Frau Schneider ist erkrankt. Sie wird erst am Montag wieder im Büro sein.«

»Können Sie mir bitte weiterhelfen?«, fragte Sophia verzweifelt.

»Ich kann Ihnen leider keine verbindliche Auskunft geben, da ich mit dem Fall nicht vertraut bin. Aber Sie können gerne Ihre Frage an mich stellen. Ich versuche, Ihnen weiterzuhelfen.«

»Es ist nicht so eilig! Aber vielen Dank«, log Sophia traurig.

Morgen Abend schon würde ihr Ex-Freund hier auftauchen, um seine Tochter in Empfang zu nehmen. Das ging nicht. Mikey und Anna würden bei ihnen spielen. Vielleicht war Dennis vorher da und sie war wenigstens mit dem jähzornigen und arroganten Vater von Anna nicht allein. Ja, sie hatte Angst vor ihm, vor seiner Macht, seinem Geld, seinen Einfluss, seiner Härte und seiner Rücksichtslosigkeit.

KAPITEL 17

Aber leider ließ sich Dennis am nächsten Abend sehr viel Zeit. Zehn Minuten über der verabredeten Zeit kam die SMS von ihm: »Sorry Sophia, es dauert ein wenig länger. Mein Kunde ist sehr anspruchsvoll. Ich bin in ungefähr einer halben Stunde da. Der Wein ist schon kaltgestellt. Dennis.«

»Mist, gerade heute«, murrte Sophia, war aber dennoch für seine liebe Nachricht dankbar.

Als um 18:30 Uhr die Türglocke schellte, war Sophia sehr erleichtert. Aber nicht Dennis kam die Treppen herauf, sondern ihr Ex-Freund Norbert. In der einen Hand hielt er einen riesigen Blumenstrauß und in der anderen Hand wedelte er mit einem Scheck.

»Hi Sophia«, sagte er, als er vor ihr stand, »ich gehe davon aus, dass du vernünftig genug bist, um Anna mit mir gehen zu lassen.«

»Anna bleibt bei mir!«, sagte Sophia und gab den Weg nicht frei, um ihn in die Wohnung zu lassen.

»Auch für das nicht?« Er wedelte mit dem Scheck. »Das ist eine Menge Geld. Fünftausend Euro, und das ist nur der Anfang.«

»Anna ist nicht zu verkaufen. Wir leben glücklich hier und dazu braucht man nicht unbedingt bergeweise Geld und Hausmädchen.«

»Mal schauen, ob das Jugendamt das auch so sehen wird. Wenn ich mein Recht erst einklagen muss, entfällt natürlich dein zusätzlicher Unterhalt.«

Die Türklingel schellte wieder und Sophia war sehr erleichtert. Sie drückte überhastet auf den Türöffnerknopf.

Ihr Ex-Freund Norbert war skrupellos, gemein, verletzend und rücksichtslos, aber er war nie dumm gewesen und kannte Sophia auch sehr gut.

Man hörte Männerschritte die Treppen hochsteigen.

Plötzlich legte Norbert die Blumen und den Scheck auf den Boden und umarmte Sophia. Mit einer überwältigenden Schnelligkeit drückte er seinen Mund auf den ihren und hielt in dieser Position inne, bis Dennis hinter ihnen stand.

»Schöne Begrüßung!«, kommentierte Dennis trocken.

»Sie begrüßt mich immer so«, antwortete Sophias Ex-Verlobter. »Und dann geht es so richtig zur Sache, nicht wahr, Süße?« Er klatschte Sophia heftig auf den Hintern. »So etwas mag sie. Sophia mag es hart.«

»Was erzählst du da?«, mischte sich Sophia nun ein, nachdem sie sich halbwegs gefangen hatte.

»Ich weiß, dass dir das peinlich ist. Aber das muss es nicht, Schatz. Viele Frauen mögen das. Das weiß sicher auch deine Affäre da drüben. Wie hieß er noch?« Sophias Ex-Freund sonnte sich in dem Schaden, den er soeben anrichtete.

»Er ist keine Affäre, er ist mein Freund«, protestierte Sophia, während sie auf Dennis' Gesicht düstere Falten aufsteigen sah.

»Dein Freund? Nun ja, wir führen schließlich eine offene Beziehung. Nenn ihn ruhig, wie du willst. Vielleicht ist er auch auf einen Dreier scharf, wie dein letzter Freund?« Sophias Ex-Verlobter zerstörte mit purer Wonne all das, was Sophia so wichtig war.

»Dennis ist mein Freund, mein einziger Freund. Hör auf, das Theater hier zu spielen«, versuchte Sophia noch etwas zu retten.

Dennis stand noch immer hinter ihnen, die Hände abwartend in den Jeanstaschen. Die Weinflasche hatte er auf den Flurboden gestellt. Über seinem schwarzen Shirt trug er eine kurze braune Lederjacke. Er zog zweifelnd den linken Mundwinkel hoch und sah sich voller Ruhe das Schauspiel an.

»Ach ja, stimmt. Das war Dennis. Ich dachte schon, es wäre der Lars, bei dem du am letzten Wochenende warst. Aber mache dir keine Sorgen, Dennis.« Sophias Ex-Verlobter drehte sich nun zu Dennis um. »Es ist kein Problem, dass Sophia sich amüsiert. Sie haben nichts von mir zu befürchten. Wie gesagt, wir führen eine offene Beziehung und Sie wissen sicher, dass Sie nur eine Affäre für Sophia sind.«

Als Dennis noch immer nicht reagierte, sondern abwartend den Kopf auf die linke Seite legte, meinte Annas Vater zu Sophia: »Sag mal, kann dein Geliebter nicht reden?«

»Da irren Sie sich«, ertönte jetzt Dennis' ruhige Stimme, »ich kann sehr gut reden und mich auch notfalls gut verteidigen, wenn Sie mich angreifen sollten. Ich weiß nicht, was das alles hier soll.«

Sophia ging einen Schritt auf Dennis zu. »Dennis, bitte komm erst einmal herein. Ich erkläre dir dann alles«, flehte sie ihn an.

Aber Norbert schaltete sich sofort ein: »Also doch ein Dreier, wie mit Lars. So viel Mut hätte ich dem hochgestylten Milchbubi dort gar nicht zugetraut. Ist er denn gut im Bett? Wissen Sie, Dennis, Sophia ist Nymphomanin und wechselt gerne die Männer. Sie spielt die naive und stolze Frau, sodass man einige Zeit braucht, um sie wirklich zu durchschauen.«

»Auch wenn du mich schlecht zu machen versuchst, bekommst du meine Tochter nicht«, antwortete Sophia kalt.

»Es ist unsere Tochter, Sophia. Wie du heute sicher gelesen hast, hat das Jugendamt mir das Sorgerecht zugestanden. Ich bin wohlhabend und kann Anna mehr bieten, als dauernde Männerliebschaften ohne Rücksicht auf das Kind.«

»Ich glaube, ich sollte jetzt wohl Mikey abholen, ehe er von alldem auch noch etwas mitbekommt«, schaltete sich Dennis ein.

Sophia spürte, wie Dennis immer mehr von ihr wegrückte. Aber damit konnte sie sich momentan nicht vorrangig beschäftigen. Sie musste erst einmal um ihre Tochter kämpfen.

Daher nickte Sophia nur Dennis zu, der sich den Weg durch ihren Wohnungseingang bahnte und ins Kinderzimmer zu seinem Sohn ging. Dennis trat ins Zimmer und schloss die Tür hinter sich.

Sophia wandte sich ihrem Ex-Verlobten zu. »Norbert, du hast keineswegs das Sorge- oder Aufenthaltsbestimmungsrecht erhalten, sondern lediglich das Besuchsrecht. Du hast dich über drei Jahre nicht um Anna gekümmert. Mal schauen, was das Jugendamt dazu sagt.«

Norbert lachte laut und bösartig auf. »Nur, wenn du einen Stiefvater und eine heile Familie für Anna nachweisen könntest, hättest du überhaupt eine Chance, gegen mich zu gewinnen. Ich weiß nicht, wie eng du mit diesem Schönling Dennis wirklich befreundet bist. Aber so, wie es gerade aussah, bist du den jetzt los. Offensichtlich hat er mir wohl doch ein wenig geglaubt.«

Norbert nahm den Blumenstrauß und den Scheck. »Hier Sophia, der Scheck und die Blumen.« Er reichte ihr die beiden Dinge.

»Ich will beides nicht, sondern nur, dass du gehst«, antwortete sie und konnte nur mühsam die Tränen zurückhalten.

»Gut, dann nehme ich an, dass ich Anna heute nicht mitnehmen kann?«

»Nein!« Sophia wollte ihn nur noch loswerden.

»Gut, ich gehe, sobald du die beiden Dinge angenommen hast. Du kannst beides dann vernichten oder wegwerfen, aber ich nehme sie nicht wieder mit.« Sophia wusste aus der Vergangenheit, dass er diese Drohung auch tatsächlich wahrmachen würde.

Wenn sie die Sachen jetzt nähme, würde Norbert gehen und sie hätte noch die Möglichkeit, mit Dennis zu reden.

»Gut, dann gib die Sachen her!«, stimmte sie widerwillig zu.

In diesem Moment ging die Kinderzimmertür auf und Dennis kam mit Mikey an der Hand heraus. Mit einem Blick erfasste er Sophia, die die Blumen und den Scheck in den Händen hielt. Dennis schüttelte den Kopf und er kniff seine Augen wütend zusammen. Dies war der Moment, an dem Sophia klar wurde, dass ihr Dennis spätestens jetzt nichts mehr glauben würde.

Norbert nickte und verschwand mit den Worten: »Wir sehen uns!«

Dennis wartete einen Moment, damit sein Sohn nicht in die Nähe von Norbert kam. Sophia nahm ihren Mut zusammen und ging auf ihn zu. Sie berührte Dennis am Unterarm und flehte: »Norbert ist ein hinterlistiger

Mann. Er ist der Vater von Anna.« Dennis schüttelte jedoch nur mit dem Kopf.

»Sophia, ich muss erst einmal meine Gedanken ordnen. Ich kann nichts weiter dazu sagen, da Mikey und Anna nicht alles mitbekommen sollten. Im Übrigen riecht es hier verbrannt. Schau mal nach. An diesem Abend muss nicht noch mehr zerstört werden.« Ohne einen Abschiedsgruß verließ Dennis die Wohnung.

Sophia hastete in die Küche, in der der Nudelauflauf noch im Ofen buk. Das war der Lieblingsauflauf ihrer Tochter gewesen und sie hatte gehofft, damit sowohl Mikey als auch seinen Vater verwöhnen zu können.

Es war vorbei - jedoch nur mit Dennis. Mit Norbert hatte es gerade erst angefangen.

KAPITEL 18

So sehr Sophia gehofft hatte, Dennis wenigstens regelmäßig morgens oder mittags zu treffen, wenn sie Anna zum Kindergarten brachte, so sehr fürchtete sie sich auch davor, ihn wiederzusehen. Seine traurigen Augen und seinen vorwurfsvollen Blick würde sie kaum ertragen können.

Aber jedes Mal kamen nur die Großeltern von Mikey. Sie grüßten Sophia zwar stets höflich, aber sie gingen ihr auch aus dem Weg.

Als Sophia einmal vorsichtig bei ihnen nachfragte, wie es Dennis ginge, antwortete die Schwiegermutter nur mit einem »Bestens«.

Glücklicherweise hatte Dennis seinem Sohn nichts erzählt und Mikey war weiterhin mit Anna eng befreundet. Die beiden Kinder trafen sich jedoch nicht mehr an den Nachmittagen, da die Großeltern von Mikey täglich Unternehmungen mit ihm geplant hatten.

Eine Woche später begann zudem Sophias Teilzeitjob in einem Geschäft, der sie an den Vormittagen ein wenig ablenkte. Sie musste unter einem erheblichen Zeitdruck arbeiten und abschweifende Gedanken an Dennis konnte sie sich dort daher kaum leisten.

An diesem Montagnachmittag, ihrem ersten Arbeitstag, erreichte sie auch die zuständige Dame beim Jugendamt und konnte zumindest einen Termin für den kommenden Freitag vereinbaren.

Am Donnerstag erschien überraschenderweise Dennis am Kindergarten, um seinen Sohn selbst dort hinzubringen. Ernst begrüßte er Sophia und Anna, jedoch ohne Zorn oder Enttäuschung in seiner Stimme. Allerdings bemühte sich Dennis um kein weiteres Gespräch mit Sophia.

Als sie Mikey und Anna bei den Erzieherinnen abgegeben hatten, ging Sophia auf Dennis zu: »Bitte, lass uns reden.«

»Nicht hier«, entgegnete Dennis kurz.

»Ich habe leider jetzt nicht viel Zeit, da ich gleich zu meinem Teilzeitjob gehen muss«, merkte Sophia nervös an.

»Umso besser. Lass uns draußen kurz reden!«, reagierte Dennis kühl.

Als die Glaseingangstür des Kindergartens hinter ihnen ins Schloss gefallen war, wandte sich Dennis mit einer ernsten Miene an Sophia. »Was willst du mir sagen?«

Er verschränkte die Arme ablehnend vor seiner Brust und sein Blick wurde hart und tadelnd. Seine Augen waren zu Schlitzen verkleinert. Auf Dennis' Stirn traten senkrechte Sorgenfalten über der Nasenwurzel hervor, die Sophia unwillkürlich einen Schritt zurückgehen ließen.

»Dennis, du glaubst doch etwa nicht das Lügentheater, das Norbert dir erzählt hat?«

»Um ehrlich zu sein, weiß ich nicht mehr, was ich glauben soll.« Dennis entkrampfte sich zwar ein wenig, war aber kaum zugänglicher geworden. »Sophia, du sagst, da wäre nichts mehr zwischen Norbert und dir. Dann nimmst du jedoch seine Blumen und sogar den Scheck von ihm an. Zudem erwische ich euch bei einem Kuss, während du genau wusstest, dass ich zu dir komme«, erklärte Dennis.

»Norbert hat das alles nur erfunden und gespielt. Er will so erreichen, dass er unsere Tochter bekommt.« Sophias Stimme klang flehend.

»Er will Anna, indem er dich küsst? Er will Anna und schenkt DIR Blumen und einen Scheck? Wenn deine Version dieser Geschichte wahr sein sollte, dann sieht es allerdings so aus, als ob du dein Kind verkaufen würdest.« Dennis' Gesicht zeigte nun tiefe Traurigkeit.

»Natürlich werde ich um Anna kämpfen. Ich werde sie für kein Geld der Welt Norbert überlassen«, wies Sophia Dennis' Vorwurf empört zurück.

»Sophia, ich weiß nicht, was stimmt und was nicht. Ich möchte dir so gerne vertrauen, aber ich kann es zurzeit nicht. Du sagtest mir mal, ich solle das mit meiner Schwiegermutter regeln, bevor ich eine Beziehung eingehe. Vielleicht ist es an der Zeit, dass auch du einiges in deinem Leben klärst.« Dennis' Gesicht verriet jetzt seinen inneren Schmerz.

»Dennis, Norbert möchte mir Anna wegnehmen. Dafür würde er alles tun!« Sophia verstand nicht, warum Dennis die Skrupellosigkeit von Norbert nicht erkennen konnte.

»Anna lebte die letzten drei Jahre bei dir und ihr Vater hat sich nicht um sie gekümmert. So hast du es mir zumindest erzählt. Wenn es wirklich so gewesen ist, bekommt Norbert nicht das alleinige Sorgerecht.« In fast allen seiner Sätze schwang deutliches Misstrauen mit, das Sophia Stiche ins Herz versetzte.

»Das alles stimmt, was ich dir gesagt habe. Aber seine Eltern sind erfolgreiche

Rechtsanwälte. Zudem arbeitet Norbert nicht mit fairen Mitteln.«

»Weißt du Sophia, das alles kann ich nicht beurteilen. Wenn es so ist, wie du sagst, wird das Jugendamt oder das Gericht das auch bemerken und ihr Urteil entsprechend fällen. Oder...?« Dennis riss die Augen fragend auf.« Könnte es sein, dass du so sehr bemüht um mich bist, weil du einen Stiefvater nachweisen solltest, um dir das Sorge- und Aufenthaltsbestimmungsrecht zu sichern?«

Sophia stand wie vom Donner gerührt da. Das war genau das Motiv, das sie bei Dennis vermutet hatte, als er sie mit Komplimenten und Einladungen gelockt hatte. Sophia hatte befürchtet, auch er suche nur eine Stiefmutter für seinen Sohn. Nun wurde ihr dasselbe vorgeworfen. Hätte sie damals Dennis nur mehr vertraut! Sophia wünschte, dass sie nicht bei dem ersten Problem mit Dennis' Schwiegermutter davongerannt wäre, sondern darauf gewartet hätte, dass sie gegenseitiges Vertrauen aufbauen und beweisen könnten. Nun schien es zu spät.

»Ich habe dir niemals das Gefühl gegeben, dich nur als Stiefvater zu brauchen, Dennis. Dennoch verstehe ich dich, denn ich dachte zufälligerweise genau dasselbe von dir, weil du immer davon sprachst, dass Mikey eine Mutter bräuchte«, erklärte Sophia im ruhigen Ton. Sie wusste, dass dies alles bei Dennis abprallte. Also konnte sie nun auch sagen, was sie dachte.

»Anscheinend vertrauen wir uns beide doch nicht genügend. Ich habe dich wirklich geliebt und nicht als Stiefmutter, sondern als Freundin. Vielleicht war es bei dir ebenso, aber das spielt kaum noch eine Rolle. Wenn unsere Beziehung enger werden würde, wären beide Kinder davon betroffen. Leider ist jedoch das, was sie am wenigsten brauchen, Misstrauen in ihrem Umfeld.« Dennis' Augen glänzend feucht. Er war ein Mann voller Gefühle und mit einem weichen, verletzbaren Herzen.

Sophia schluckte. Jetzt oder nie. »Dennis, wenn du es mit uns beenden willst, werde ich das akzeptieren. Aber du solltest wissen, dass ich dich auch liebe!« Sophia drehte sich um und ging schnellen Schrittes weg. Sie hoffte so sehr, er würde sie zurückhalten, in den Arm nehmen und versichern, dass alles gut würde.

Aber es würde nicht alles gut. Sie ahnte noch nicht mal annähernd, wie schlimm es tatsächlich noch werden würde.

KAPITEL 19

Nachdem Sophia um die nächste Kurve gebogen war, begannen ihre Tränen unaufhörlich zu laufen. Sie tropften noch weiter, als Sophia zu Hause angekommen war und sich für die Arbeit schminken und umziehen wollte. Die Tränen perlten auf ihren frisch gewaschenen Pulli, den sie gerade übergezogen hatte. Sie liefen weiter, sodass Sophia auf ihr tägliches Schminken verzichten musste. Die Tränen sorgten zudem für rot umrandete Augen und eine schnupfende Nase. Der Verlust von Dennis und die allgegenwärtige Angst, Anna zu verlieren, ließen Sophias Tränenproduktion nicht verebben.

Noch gerade rechtzeitig, um nicht verspätet zur Arbeit zu kommen, konnte sie die Wohnung verlassen. Die Augen waren noch angeschwollen, die Nasenschleimhäute ebenfalls geschwollen, aber Sophia weinte nicht mehr.

Sie kam, wie jeden Morgen, an dem Café vorbei, in dem alles mit Dennis begonnen hatte. Sophia wollte nicht durch die große

Glasscheibe hereinschauen. Sie wollte sich nicht an den schönen Morgen mit Dennis in diesem Café erinnern. Aber wie jeden Morgen tat sie es dennoch. Sie blieb einen Moment davor stehen und schaute hinein. In diesem Moment wusste sie, dass sie das nie wieder tun würde.

Der Zweiertisch, an dem sie und Dennis am Montag vor einer Woche gesessen hatten, war besetzt. Dennis saß dort mit dem Gesicht zum Glasfenster gerichtet und vor ihm saß eine Frau mit langen, blonden Haaren. Sophia konnte nur ihren Rücken erkennen, aber der Anblick von Dennis genügte. Seine Augen leuchteten selbst auf diese Entfernung hellblau und seine Hände gestikulierten genauso anmutig wie heftig. Wie erstarrt blickte Sophia herein und vermochte sich kaum von dem Anblick zu lösen. Sie konnte es nicht fassen, dass er sich so schnell einen Ersatz für sie geholt hatte. Vorhin hatte er noch gesagt, er hätte sie geliebt.

Plötzlich erblickte Dennis sie. Sein Blick wirkte erschrocken. Er schüttelte merklich den Kopf und seine Begleitung, die das offensichtlich mitbekommen hatte, drehte sich um.

Sophia wollte sie nicht sehen. Sie ergriff die Flucht. Sophia rannte, als würde ein Raubtier hinter ihr her sein.

Sie hörte Dennis' Stimme hinter sich: »Sophia warte. Ich muss dir das erklären.«

Sophia rannte weiter - noch um die nächste Ecke und sie war in ihrer Arbeitsstelle. Dann könnte sie in das Geschäft flüchten. Plötzlich spürte sie eine Hand an ihrem Oberarm.

»Sophia, nun warte doch mal.«

Sophia blieb abrupt stehen und drehte sich atemlos um. Die Stelle am Oberarm, wo Dennis sie berührt hatte, brannte ein wenig. Er hatte sie nicht wirklich fest zurückgehalten, sondern sie nur leicht umfasst, um Sophia auf sich aufmerksam zu machen. Dennoch schmerzte der Oberarm erstaunlicherweise spürbar, als ob sich ihre Traurigkeit nun dort ein Platz zum Leiden gesucht hätte.

»Nein, Dennis. Ich will keine Rechtfertigungen mehr hören oder abgeben müssen. Du kannst machen, wonach dir auch immer ist. Unsere Beziehung ist wegen unseres gegenseitigen mangelnden Vertrauens gescheitert, bevor sie überhaupt richtig begonnen hat.« Sophia merkte, dass Dennis mühsam um Worte rang. Er stand vor ihr, sah sie mit großen, entsetzten Augen an und bewegte wortlos seine Hände. Ehe Dennis seine Sprache wiederfinden konnte, ergänzte Sophia daher schnell: »Aber mach dir meinetwegen keine Sorgen. Nach Norberts Aussage bin ich doch sowieso eine Nymphomanin, die alle naselang einen neuen Liebhaber hat.« Sophia hielt erneut mühsam die Tränen zurück, während ihr Herz immer schwerer wurde.

»Bitte renne nicht gleich wieder weg, Sophia. Du siehst schlimm aus.« Dennis hielt sie wieder am Arm fest, der nun heftig zu pochen begann.

»Dankeschön für das Kompliment. Ich bin auf meinem Weg zur Arbeitsstelle und werde viel zu spät kommen, wenn du mich nicht loslässt.«

»Nur einen Augenblick noch, Sophia. Ich meinte nur, dass es dir nicht gut geht, und das sehe ich dir an. Die Frau, mit der ich am Tisch saß...«

Aber Sophia unterbrach ihn: »Dennis, ich sagte doch schon, dass ich keine Entschuldigungen mehr vorbringen und auch keine mehr hören möchte. Ich muss jetzt aber wirklich los.«

Dennis ließ ihren Arm los: »Sophia, ich...«

»Dennis, bitte lass mich gehen. Ich brauche diese Arbeitsstelle dringend.« Sophia rannte wieder los und erreichte gerade noch pünktlich das Geschäft, in dem sie halbtags arbeitete. Da der Sorgerechtsstreit bald vor Gericht verhandelt werden würde, brauchte Sophia diese Stelle dringender denn je, um Anna zukünftig etwas mehr bieten zu können.

KAPITEL 20

Die Sachbearbeiterin im Jugendamt erzählte Sophia am Nachmittag, dass sie vermutlich nichts zu befürchten hätte. Wenn es Anna bei ihr gut ginge, dann wäre es unwahrscheinlich, dass man sie aus ihrer gewohnten Umgebung herausreißen würde. Sophias neue Arbeitsstelle würde sich zudem positiv auswirken, denn sie könnte zumindest eine geringe finanzielle Sicherheit gewährleisten. Auch Annas Wunsch, wo sie leben wollte, würde angehört, wäre aber nicht unbedingt ausschlaggebend. Den Vorteil, den ihr Ex-Freund jedoch hätte, wäre die intakte und gut situierte Familie mit seiner jetzigen Ehefrau sowie der neuen Halbschwester von Anna. Vermutlich wäre daher mit der Gewährung des gemeinsamen Sorgerechts zu rechnen, wobei dem Vater ein gesetzliches Besuchsrecht eingeräumt würde.

Die freundliche Sachbearbeiterin riet Sophia jedoch zu einer gütigen Einigung, denn ein solcher Streit um das Kind würde ansonsten vom Gericht entschieden. Dies wäre weder für die Eltern noch für das Kind eine schöne

Erfahrung, zumal auch das Kind im angemessenen Maße befragt würde.

Sophia nickte, obwohl ihr klar war, dass Norbert niemals auf einen Kompromiss eingehen würde. Er wollte Anna, warum auch immer, plötzlich bei sich haben und da duldete er kein »Nein«.

Dies zeigte auch der Brief von Norberts Vater, der ihn als Rechtsanwalt vertrat. In dem förmlichen Anschreiben, den Sophia am nächsten Morgen erhielt, forderten Norbert und sein Vater das sofortige Sorge- und Aufenthaltsrecht von Anna. Falls Sophia dem nicht zustimmen würde und es daher vor Gericht zur Auseinandersetzung käme, würden sie die Alkoholabhängigkeit und ihre Nymphomanie zum Anlass nehmen, zu beweisen, dass sie für die Erziehung von Anna eher schädlich als nützlich sei.

Sophia konnte es nicht fassen, was gerade um sie herum geschah. Sie war keine Nymphomanin. Sie hatte seit Norbert sie verlassen hatte keinen intimen Freund mehr gehabt, noch nicht einmal Dennis. Die Alkoholabhängigkeit war genauso erlogen. Sie trank gerne mal eine Sherry oder auch mal ein

Glas Sekt oder Wein mit Gästen. Aber ihre Flasche Sherry stand schon ungefähr seit einem Monat offen im Schrank und das widersprach einer Alkoholabhängigkeit völlig. Aber wie sollte sie das alles widerlegen? Sie wusste, dass Norbert bestochene Zeugen und fingierte Beweise vorlegen würde. Sie konnte dagegen nicht ankommen und Geld für einen guten, kreativen Anwalt hatte sie ebenfalls nicht.

Dennoch benötigte sie jetzt einen eigenen Anwalt, auch wenn es vielleicht nicht der Beste sein könnte. Darum musste sie sich gleich am Montag kümmern.

Sophia hatte nicht einmal eine ganze Woche gearbeitet und schon hätte sie das Gehalt von mindestens vier Monaten für das Honorar eines guten Rechtsanwaltes benötigt. Sie besaß keine Rücklagen, denn der geringe Unterhalt von Norbert für sie und ihre Tochter reichte gerade so aus, keine zusätzlichen staatlichen Leistungen beantragen zu müssen. Sophia hatte in den drei Jahren all ihre spärlichen Ersparnisse aufgebraucht.

Sie besaß nur noch eine Halskette mit Medaillon aus Platin von ihrer Großmutter. Es war ein Erbstück, das sie Anna mal hatte schenken wollen. Aber nun würde sie wohl das kostbare Schmuckstück zum Pfandleiher bringen müssen, denn der Rechtsanwalt forderte vermutlich einen beachtlichen Vorschuss.

Nachdem sich Sophia am Wochenende die Anschrift eines Rechtsanwalts aus dem Internet gesucht hatte, der in ihrer Nähe wohnte und sich zudem auf das Familienrecht mit dem Schwerpunkt Sorgerecht spezialisierte hatte, vereinbarte sie einen Termin bei ihm. Danach versprach sie Anna ein großes Schlumpfeis, wenn sie brav mitginge und sich beim Pfandleiher ruhig verhielte. Anna spürte bereits länger, dass ihre Mutter sich Sorgen machte und wollte ein liebes Mädchen sein. Sie ahnte jedoch nicht, dass es um ihre eigene Zukunft ging. Sophia hatte es bisher noch nicht für richtig gehalten, ihre Tochter frühzeitig mit der bevorstehenden Gerichtsverhandlung zu belasten.

Sophia bekam 450 Euro für ihre schwere Platinkette. Ihr war klar, dass sie dieses Erbstück nicht wieder würde einlösen können. Erst recht nicht innerhalb der fünf Monate, in denen sie den Betrag mit Zinsen und Gebühren aufzubringen hatte, um die Kette samt Medaillon zurückzubekommen. Sie brauchte jetzt jeden Cent für die Gerichtsverhandlung, den Rechtsanwalt und Anna. Sorgsam hatte sie zuvor die Fotos aus der rechten und linken inneren Medaillonklappe entfernt. Das linke Foto zeigte ein altes Schwarz-Weiß-Foto von ihrem Großvater. In der rechten Seite hatte sie ein Babybild von Anna gesteckt. Schweren Herzens verließ sie ohne dieses einzige Erbstück, das sie von ihren Vorfahren besessen hatte, den Pfandleiher.

KAPITEL 21

Aber der Alltag musste weitergehen und der Kampf um Anna auch. Die körperlich ungewohnte Tätigkeit in dem Supermarkt tat Sophia sehr gut. Sie freute sich bereits auf ihr erstes selbst verdientes Gehalt nach über drei Jahren. Ihre Kolleginnen waren sehr unkompliziert und kumpelhaft. Sophia hätte ihr Leben nahezu als geregelt und zufrieden beschreiben können, wenn sie nicht jede Nacht von Dennis geträumt hätte. Jeden Morgen, wenn sie an dem kleinen Café vorbeikam, in dem sich Dennis und sie kennen gelernt hatten, wurde ihr Herz von Nadeln durchstochen. Der Schmerz würde aufhören, das hoffte Sophia. Jetzt galt es erst einmal, Anna nicht zu verlieren. Sophia wusste, dass sie bei ihrem Vater nicht das hoffnungsvolle Leben erwartete, das er und sein Rechtsanwaltsvater zu vermitteln versuchten. Anna war nur Mittel zu irgendeinem Zweck und müsste sich deren Regeln bedingungslos unterordnen.

Am achten Tag in ihrer Arbeitsstelle hatte Sophia gerade begonnen, die neuen Waren in die Regale zu räumen. Sie freute sich schon sehr auf die Frühstückspause mit ihren Kolleginnen. Es waren zwar nur fünfzehn Minuten, aber die lockersten und leichtesten Minuten ihres Tages. Es wurde stets viel gelacht, obwohl jede einzelne der Frauen eine Leidensgeschichte hinter sich hatte. Ihr Job und die netten Kolleginnen waren Sophias neues Zuhause geworden, das ihr nicht unbedeutend half, die schwere, ungewisse Zeit zu überstehen.

Plötzlich vibrierte Sophias Handy, das sie für Notfälle in ihrer Jeanstasche untergebracht hatte. Es war strengstens verboten, Privatgespräche während der Arbeitszeit zu führen, und die Kameras kontrollierten jeden Teil des Supermarktes. Nervös holte Sophia ihr Handy heraus und schaute auf das Display. Sie hatte ihre Handynummer im Kindergarten als Notfallnummer hinterlassen. An der Nummer erkannte sie, dass es tatsächlich eine Erzieherin aus dem Kindergarten sein musste, die versuchte, sie in diesem Moment zu erreichen. Ohne Rücksicht auf die Gefährdung ihrer Arbeitsstelle nahm Sophia atemlos und voller Angst das Gespräch entgegen. Bitte, lass Anna nichts passiert sein. Bitte, alles, nur nicht das!

»Hallo?«, meldete sich Sophia.

»Sind Sie die Mutter von Anna?«, meldete sich die Erzieherin, die Annas und Mikeys Gruppe leitete.

»Ja? Was ist passiert?« Sophias Magen brannte heiß und sie wankte leicht.

»Nichts wirklich Schlimmes. Allerdings ist Mikey von der Schaukel gefallen und hat eine Platzwunde. Ich kann weder seinen Vater noch seine Großeltern erreichen. Soviel ich mitbekommen habe, sind sie mit Mikeys Vater sehr gut befreundet.« Die Erzieherin räusperte sich verlegen. »Wir sind heute sehr knapp besetzt und Mikey müsste sofort zur Untersuchung und zum Nähen der Wunde ins Krankenhaus. Könnten Sie ihn abholen?«

»Ich weiß nicht, ob Mikeys Vater das gefallen würde«, dachte Sophia laut.

»Wir hätten heute ein großes Problem, wenn eine Erzieherin mit ihm zum Krankenhaus fahren müsste. Wir werden Mikeys Vater oder Großeltern Bescheid geben, sobald sie ihn abholen wollen, dass sie mit ihm zum Krankenhaus gefahren sind. Es wird sicher keine Probleme geben«, redete die Erzieherin verzweifelt auf sie ein.

Sophia konnte es selbst kaum glauben, als sie sagte: »Ich komme sofort!« Sie setzte ihre Arbeitsstelle jetzt ernstlich aufs Spiel. Warum nur war ihre Angst nicht verschwunden, als sie erfuhr, dass nicht Anna einen Unfall hatte, sondern jemand anderes? Mikey war nicht »jemand anderes«! Er war Dennis' Sohn und ihm so entsetzlich ähnlich. Sie bemerkte, dass sie Mikey mütterliche Gefühle entgegenbrachte. Sie sah Dennis, wie er ihn liebevoll »mein kleiner Held« nannte. Die beiden Kinder Anna und Mikey hatten so viel durchgemacht, dass ihnen einfach nicht noch mehr Schlimmes passieren durfte.

Sophia eilte zum Zimmer ihres Chefs. »Es tut mir leid, aber der Sohn meines...« Sie stockte. Dennis war nicht mehr ihr Freund und auch nicht mehr ihr »bester Freund«. Sie begann erneut. »Der beste Freund meiner Tochter hatte einen heftigen Unfall im Kindergarten. Niemand seiner Angehörigen ist erreichbar und er muss sofort ins Krankenhaus gebracht werden. Gerne können Sie mir diesen Fehltag vom Gehalt abziehen, aber bitte verstehen Sie, dass ich ihm helfen muss. So ein Unfall passiert nicht jeden Tag und es wird auch nicht mehr vorkommen, dass ich Sie plötzlich um einen freien Tag bitte.« Hoffnungsvoll schaute Sophia ihren Chef an.

»Sie sind gerade mal anderthalb Wochen hier. Ich habe bisher nie gute Erfahrungen mit Müttern kleiner Kinder gemacht. Ich habe Ihnen den Job gegeben, weil Sie mir leidtaten. Die Erzieherinnen haben die Verantwortung für den Freund Ihrer Tochter, nicht Sie. Wenn Sie jetzt gehen, werde ich mir leider einen zuverlässigeren Ersatz suchen müssen.« Ihr Chef galt als erbarmungslos. Es wurde gemunkelt, dass seine Frau auf seine Kosten sehr gut gelebt hatte und dann plötzlich mit einem Musiker verschwunden war. Daher hatte er einen tief sitzenden Groll gegen Frauen entwickelt. Bedauerlicherweise brachte Sophia dafür sogar Verständnis auf.

»Ich habe der Erzieherin im Kindergarten bereits gesagt, dass ich gleich käme. Aber ich werde morgen früh eine halbe Stunde früher kommen und bitte Sie inständig, dann nochmal mit mir darüber zu reden. Wenn Sie mich nach dem Gespräch noch kündigen wollen, werde ich sofort gehen. Aber es handelt sich um den Sohn meines Ex-Freundes und ich werde weder ihn noch das Kind im Stich lassen, wenn sie mich brauchen.«

Sophias Chef nickte. »Wenn Sie gehen müssen, dann gehen Sie jetzt. Morgen können Sie sich ihre Papiere auch noch abholen.«

KAPITEL 22

Sophia tat es in der Seele weh, das alles hier zu verlassen und damit rechnen zu müssen, morgen nur noch ihre Entlassung abholen zu können. Aber ihre Gedanken galten nur noch Mikey. Es war ein so tapferer, liebenswerter Junge. Er durfte nicht länger leiden als absolut nötig.

Sie rannte die ganze Strecke bis zum Kindergarten. Als Sophia an der tagsüber verschossenen Kindergartentür schellte, keuchte sie noch immer. Die Kindergärtnerin öffnete ihr zügig und führte sie zu Mikey. Er drückte eine Mullbinde gegen die blutende Platzwunde am Kopf, aber das Blut sickerte schon leicht durch.

»Bitte, bestellen Sie mir ein Taxi. Ich habe kein Auto!«, bat Sophia die Pädagogin.

Danach nahm Sophia den tapferen, kleinen Mikey in den Arm. »Dein Vater hat Recht, du bist ein kleiner Held. Das tut bestimmt sehr weh. Aber es wird alles wieder heilen. Jetzt fahren wir erst einmal zusammen ins Krankenhaus und dann werden die Ärzte dafür sorgen, dass es nicht mehr blutet und auch nicht mehr so weh tut!«, versprach Sophia.

Mikey drückte sich an sie. »Sag es bitte nicht Papa, aber es tat so weh. Da habe ich doch geweint.«

»Auch Männer dürfen weinen. Gerade dein Papa ist ein so gefühlvoller, weicher Mensch, der das sicher verstehen würde. Deswegen habe ich ihn auch so lieb. Aber ich sage ihm nichts. Ich verspreche es.«

Sophia sah Anna, die durch die leicht geöffnete Tür blinzelt.

»Anna, kommst du bitte mal her«, bat Sophia.

Anna schlich vorsichtig zu ihrer Mutter.

»Anna, ich fahre jetzt mit Mikey zum Krankenhaus. Es wird alles wieder gut, aber er muss verarztet werden. Willst du mitkommen oder sollen Mikeys Vater oder Großeltern dich dann mitnehmen?«

Anna schaute Mikey an, aber Mikey schüttelte den Kopf. »Bleib du ruhig hier, Anna. Helden schaffen das allein.«

Sophia musste unwillkürlich lächeln. »Also gut, Anna, du bleibst noch hier und Dennis oder seine Schwiegereltern werden dich mitbringen, wenn sie Mikey abholen.«

Die Erzieherin, die dieses Gespräch verfolgt hatte, lächelte leicht. Sie schien erleichtert, dass Sophia alles regelte. Sie bestätigte kurz: »Ich werde Anna also der Familie von Mikey mitgeben und ihnen ihre Handynummer geben, falls sie sie noch nicht haben sollten.« Sophia nickte.

Erleichtert wies die Kindergärtnerin auf die Tür: »Das Taxi ist auch soeben eingetroffen.« Sie nahm Mikey in den Arm. »Das wird schon, kleiner Mann! Du warst sehr tapfer.«

Mikey sah Sophia ängstlich an und hoffte offensichtlich, sie würde nichts von seinem Weinen verraten.

»Mikey ist immer ein kleiner Held. So wie sein Vater!«, erwiderte Sophia. Mikey kuschelte sich dankbar an Sophia, bis sie ihm half, aufzustehen und zum Taxi zu gehen.

Im Krankenhaus wurde Sophia an der Aufnahme von den Schwestern nach Mikeys Krankenkassenkarte gefragt, die sie jedoch nicht vorweisen konnte. Ohne Zögern unterschrieb sie stattdessen die Haftungserklärung, dass sie die Behandlungskosten übernehmen würde, wenn die Krankenkasse die Zahlung verweigerte oder seine Karte nicht fristgemäß nachgereicht würde.

Sie vertraute auf Dennis, dass er sie nicht auf den Kosten sitzenlassen würde, obwohl sie ihn im Grunde kaum kannte. Zudem brauchte Mikey dringend eine ärztliche Behandlung. Sie hatte keine Wahl. Sie musste diese Haftungserklärung unterschreiben. Nur einen Moment fragte sie sich, ob Dennis dies auch für ihre Tochter getan hätte. Ein Schmerz durchzog ihr Herz. Wie gerne würde sie es sehen, wenn Dennis sich liebevoll zu Anna herunterbeugen und sie in den Arm nehmen würde. Anna hätte es genauso verdient. Aber das waren wohl nur Fantasien. Sophia tat das, was sie als Mutter tun musste und das war es auch schon. Wenn Dennis die Krankenkassenkarte pünktlich einreichte und sich bei ihr bedankte, würde dies genügen müssen. Er hatte sie nicht um ihre Hilfe gebeten und war vielleicht sogar verärgert, dass sie sich wieder ungewollt in sein und Mikeys Leben gedrängt hatte.

Mikey nahm sich vor Sophia sehr zusammen. Er wollte ihr gefallen und war tatsächlich sehr ruhig und tapfer, als seine Platzwunde am Kopf unter örtlicher

Betäubung genäht wurde. Sophia hielt seine Hand und spürte nur das gelegentliche Zucken in seinen Fingern.

Der Arzt konnte keine weiteren Verletzungen diagnostizieren. Dennoch sollte Mikey noch ein paar Stunden bis zum Abend im Krankenhaus liegen, um die Folgen einer Gehirnerschütterung auszuschließen. Mikey bekam ein großes Krankenbett und wurde in ein leeres Zimmer geschoben. Sophia setzte sich neben ihm auf einen Stuhl und hielt seine kleine Hand, bis er sich entspannte und einschlief. Sophia legte daraufhin ihren Oberkörper auf sein Bett und fragte sich, wie es in ihrem Leben überhaupt noch weitergehen sollte. Sie hatte alles verloren, was ihr wichtig und kostbar war und das Wertvollste, ihre Tochter, wollte man ihr auch noch nehmen. Hatte Sophia tatsächlich so viel falsch gemacht? Was war schief gelaufen? Sie war so müde. Zu müde, um noch lange weiterkämpfen zu können. Zu müde, um noch eine weitere Niederlagen erleiden zu können. Mit diesen Gedanken döste auch Sophia weg, während sie mit dem Oberkörper auf Mikeys Krankenbett lag und seine zarte Hand hielt.

KAPITEL 23

»Mama, bist du auch krank?« Die Stimme ihrer Tochter weckte Sophia aus einem tiefen, traumlosen Schlaf. Desorientiert sah sie sich einen Moment um. Als Sophia jedoch Mikey erblickte, der mit einem Verband um den Kopf aufrecht in seinem Krankenbett saß, kam die Erinnerung wieder.

»Nein, Anna, ich bin nur mit eingeschlafen. Mir geht es gut.«

Hinter Anna stand Dennis. Seine Augen waren schmerzvoll zusammengekniffen und seine Stirn zeigten tiefe Sorgenfalten.

»Sophia«, sagte er nur und brach dann ab.

»Falls dir es nicht recht war, dass ich Mikey ins Krankenhaus gebracht habe, sage es bitte. Ich wusste nicht, was ich tun sollte, er blutete und...«, stammelte Sophia, aber Dennis unterbrach sie.

»Was erzählst du denn für einen Unsinn! Du hast Mikey geholfen, als ich nicht erreichbar war. Ich bin dir unendlich dankbar. Ich weiß eigentlich gar nicht genau, was ich sagen soll, wenn ich ehrlich sein will.« Dennis' Stimme brach ab. Sophia merkte deutlich, wie etwas in ihm kämpfte, er uneins mit sich war und er litt.

Sophia stand auf. »Du musst nichts mehr sagen. Ich mag Mikey sehr und ich bin eine Mutter. Ich konnte ihn nicht im Stich lassen. Ich habe es für deinen kleinen Helden getan.« Sophia drückte nochmals die Hand von Mikey.

Dann kam eine Krankenschwester herein. Sie hatte einige Spielsachen mitgebracht und meinte freundlich: »Wie schön, Mikey, jetzt hast du auch noch eine Spielkameradin, die dich besucht. Hier sind ein paar Spielsachen von der Kinderstation. Während ihr hier spielen könnt, bringe ich euren Eltern gleich einen Kaffee. Da drüben ist ein Tisch und Stühle, da können sich dann die Erwachsenen ein wenig von ihrem Schreck erholen.« Sie zwinkerte Dennis zu, der sofort zurücklächelte.

Sophia schaute enttäuscht weg. Dennis war Single. Zudem war er äußerst attraktiv und empfindsam, was ihm sicher viele weibliche Verehrerinnen brachte.

»Wir können auch nach Hause gehen, wenn du lieber mit deinem Sohn alleine sein willst«, bot Sophia an.

»Du willst jetzt gehen, da Mikey gerade eine Spielkameradin gefunden hat, die ihn die nächsten Stunden von der Warterei ablenkt?

Ich habe schon gehört, dass wir vor heute Abend hier nicht wegdürfen. Bleibt bitte bei uns«, bettelte Dennis mit seinem jungenhaft-strahlenden Gesichtsausdruck. Sophia schaute zu Mikey herüber, der tief im Spiel mit Anna versunken war. Nur noch heute, sagte sich Sophia und nickte.

Um persönliche Gespräche zu vermeiden, erzählte sie jedoch von ihrer Arbeitsstelle, die Sorge, sie zu verlieren, dem anstehenden Sorgerechtsprozess, das verkaufte Erbstück und die angedrohte Verleumdung, eine Alkoholikerin und Nymphomanin zu sein. Sie wusste nicht, worüber sie sonst hätte sprechen sollen und wollte auf jeden Fall vermeiden, dass ihre ehemalige »beste Freundschaft« zur Sprache kam. Sophia breitete so einige Stunden ihr Leben vor Dennis aus, aber es war ihr lieber, als wenn es ihr Herz gewesen wäre.

Der sonst so temperamentvolle und sprachgewandte Dennis hörte die ganze Zeit ruhig und konzentriert zu. Gelegentlich stellte er Rückfragen zum Anwalt, dem Jugendamt und ihrem Chef. Es wirkte fast so, als würde ihn Sophias Leben tatsächlich brennend interessieren. Dennoch wusste Sophia, dass dieses Gespräch nur dazu diente, die Zeit zu vertreiben, bis Dennis mit Mikey nach Hause gehen könnte.

So langsam wurde das Krankenzimmer dunkel und Sophia gingen die Gesprächsthemen aus. Noch immer hatten sie nicht die Genehmigung erhalten, nach Hause zu fahren. Auch Mikey und Anna begannen, sich zu langweilen. Alle Spiele waren mehrfach erprobt worden und das Herumsitzen machte sie müde und unausgeglichen.

Auch Dennis lehnte sich im ungemütlichen Krankenhausstuhl zurück und streckte sich.

»Ich danke dir Sophia, dass du mir einen Einblick in dein momentanes Leben gewährt hast. Wenn ich dir irgendwie helfen kann, lass es mich wissen.« Dennis wirkte müde, aber auch entspannt und er strahlte eine warme Vertrautheit aus. Nun saßen sie schon ungefähr sechs Stunden zusammen und Sophia konnte sich nicht erinnern, jemals so lange so viel über sich erzählt zu haben. Seine Warmherzigkeit tat ihr gut. Dennis strömte eine geduldige Stärke aus und die Attraktivität eines gepflegten, willensstarken Mannes.

»Dennis, du hattest doch sicher Termine heute Nachmittag. Hoffentlich bekommst du keinen Ärger, wenn du nicht dort warst«, versuchte Sophia das Gespräch auf Dennis zu lenken.

»Eine gute Freundin, die ebenfalls Visagistin ist, springt für mich ein, wenn ich verhindert bin. Dafür übernehme ich auch schon mal Termine von ihr.«

Sophia konnte es nicht verhindern, dass heiße, brennende Eifersucht ihren Magen hochkroch. Dennis lachte auf und wehrt mit seinen Händen ab. »Nein, Sophia. Nicht noch eine beste Freundin. Wir haben damals zusammen den Visagistenlehrgang absolviert und viel zusammen gelernt. Weißt du, wir waren beide äußerst ehrgeizig und haben uns gegenseitig bei der Stange gehalten und motiviert.«

»Es ist doch schön, wenn man mit jemandem etwas erreichen kann, der dieselben Ziele hat«, drückte Sophia heraus. Sie wollte auf keinen Fall als eifersüchtige Zicke gelten, die nicht loslassen konnte und die Realität nicht zu akzeptieren bereit war.

»Liebe Sophia, es waren gleiche berufliche Ziele, keine privaten«, stellte Dennis richtig.

Sah Sophia etwa ein neckisches Glitzern in seinen Augen?

»Und da wir gerade dabei sind«, redete Dennis im leisen, sanften Ton weiter, »kann ich dir auch jetzt versichern, dass die Dame im Café letzte Woche kein Date, sondern eine Kundin war. Sie wollte unser erstes Gespräch nicht in einem Visagistenstudio führen, sondern in neutraler Atmosphäre. Sie ist eine bekannte Schauspielerin, die hier einen Gastauftritt hatte und von mir geschminkt und frisiert werden wollte.«

Sophia setzte sich erleichtert aufrecht hin. »Hoffentlich hast du dir den Auftrag nicht verdorben, als du mir hinterhergelaufen bist.«

Nun lachte Dennis auf: »Keine Sorge, so schnell läuft mir in meinem Beruf keine Dame weg. Da sieht es in meinem Privatleben ganz anders aus.« Sophia schaute ihn an und sah, dass Dennis' Augen wieder in dem warmen Hellblau strahlten, die Sophia so verführerisch fand.

Plötzlich musste auch sie lachen. »Nun ja, ein Dauerlauf am Morgen vor der Arbeit soll gesund sein. Also beschwere dich nicht«, neckte sie ihn vertraut.

»Das wäre er gewesen, wenn ich nicht jeden Morgen schon anderthalb Stunden im heimischen Fitnessraum trainieren würde. Danach sollte ich frisch geduscht und gestylt bei den Kunden auftreten und nicht verschwitzt, weil eine junge Dame meint, mich zu meinem sportlichen Glück zwingen zu müssen.«

Beide lachten, während ein Arzt in weißem Kittel das Krankenzimmer betrat. Er ging auf Mikey zu: »So mein kleiner Abenteurer, ich denke, jetzt darfst du nach Hause in deine Koje gehen.«

Dennis stand auf und ging auf den Arzt zu: »Mein Sohn hat außer der Platzwunde keine andere Verletzung, habe ich das richtig verstanden?«

»Ja, ihre Freundin hat sehr schnell reagiert. Aber sie sollten morgen dennoch mit ihrem Sohn zum Kinderarzt gehen, der die Wunde überwacht. Vergessen Sie bitte auch nicht, die Krankenkassenkarte innerhalb der nächsten drei Tage nachzureichen, ansonsten darf Ihre Freundin die Behandlung selbst bezahlen.« Der Arzt zwinkerte Sophia zu.

Dennis drehte sich ruckartig zu Sophia um: »Das hast du unterschrieben? Du würdest für Mikey dein letztes Geld opfern?«

»Das hat wohl eher etwas mit Vertrauen als mit Opferbereitschaft zu tun«, antwortete Sophia kurz, während sie bereits Anna half, die Jacke anzuziehen.

Der Arzt überreichte Dennis einen verschlossenen Umschlag, verabschiedete sich von ihnen und verließ mit großen Schritten das Krankenzimmer.

Liebevoll hob auch Dennis seinen Sohn aus dem großen Bett und half ihm beim Anziehen. Während Sophia die beiden beobachtete, kamen ihr spontan die Bilder ihrer missglückten Liebesnacht in den Sinn - wie er ihre Jeans geöffnet und sie seinen warmen Handrücken auf ihrer Haut gespürt hatte. Sophia drehte sich ruckartig um. Es schmerzte noch immer, zu sehen, was sie verloren hatte. Er hatte mit ihr heute gescherzt und der Umgang war nicht mehr kühl gewesen. Schließlich hatte sie auch sehr viel für seinen Sohn riskiert. Aber Dennis hatte ihr weder Komplimente gemacht, noch einen noch so kleinen Annäherungsversuch gewagt.

Sophia stöhnte auf. Sie würden die Eltern der eng befreundeten Kinder bleiben, die vielleicht irgendwann wieder beste Freunde waren, nett miteinander umgingen, aber mehr würde daraus auch nicht mehr werden.

Dennis fuhr Anna und Sophia nach Hause. Jedoch auch die Verabschiedung blieb freundlich zurückhaltend.

Als Sophia hinter sich die Wohnungstür schloss, war ihr klar, dass der heutige Tag Dennis und sie vielleicht zu Freunden gemacht hatte, jedoch noch nicht mal zu »besten Freunden«.

KAPITEL 24

Am nächsten Tag schon überschlugen sich die Wogen in Sophias Leben.

Im Gespräch mit ihrem Chef erreichte sie zwar, nicht gekündigt zu werden, aber sie erhielt eine ernsthafte Verwarnung. Ihr Chef machte ihr eindeutig klar, dass er nicht mehr erfreut war, sie weiter als Arbeitskraft zu beschäftigen, aber dennoch diesmal ein Auge zudrücken wollte.

Sophia arbeitet noch nicht einmal zwei Wochen in diesem Geschäft und schon war sie abgemahnt worden. Wenn sie die Stelle tatsächlich verlor, wäre das ein riesiger Trumpf für Norbert in der Sorgerechtsverhandlung.

Also strengte sich Sophia ab sofort noch mehr an und verzichtete sogar auf die ihr wichtige Frühstückspause.

Als Sophia mit Anna mittags nach Hause kam, lag ein Schreiben vom Gericht im Briefkasten. Der Termin der Verhandlung war in zwei Wochen. Dann wäre der Spuk endlich vorbei, hoffentlich zu Annas und ihren Gunsten. Mit Schrecken stellte Sophia fest, dass der Gerichtstermin an einem Vormittag einberufen worden war. Ihre ganze Mühe, ihren Chef von ihrer guten Arbeitsleistung zu überzeugen, war vergebens. Wenn sie an diesem Vormittag nicht arbeiten gehen konnte, würde ihr Vorgesetzter sie endgültig kündigen. Sophia befand sich noch in der vertraglich festgelegten Probezeit, während der sie ohne die Angabe eines Grundes entlassen werden konnte.

Kurzerhand entschied sie, ihrem Chef erst am letzten Tag davor von dem Vormittagstermin im Gericht zu erzählen. Sie brauchte das Geld und es waren vierzehn Tage, die er ihr bis dann noch zahlen musste.

Mit zitternder Hand wählte sie die Telefonnummer ihres Rechtsanwaltes Herrn Beschtik, um ihm diese für sie und Anna nachteilige Entwicklung mitzuteilen. Zu Sophias Erstaunen reagierte er jedoch dennoch optimistisch: »Das ist natürlich keine schöne Nachricht, Frau Rigard, aber nicht dramatisch für Ihren Sorgerechtsgerichtsfall.«

»Das sehe ich anders, Herr Beschtik. Wenn ich Anna noch nicht einmal eine finanziell gesicherte Zukunft bieten kann, wird das Gericht die Vorteile für Anna durchaus bei meinem wohlhabenden Ex-Freund sehen.«

»Machen Sie sich deswegen keine Sorgen. Das Gericht entscheidet für das Wohl des Kindes und das ist nicht nur das Geld. Zudem erhalten Sie doch Unterhaltsleistungen und können sich auch eine andere Stelle suchen.«

»Vielen Dank für Ihre aufmunternden Worte, Herr Beschtik. Ich werde jedoch auch Ihr restliches Honorar und die Gerichtskosten in Raten abstottern müssen.«

»Frau Rigard, ich habe bereits die Prozesskostenbeihilfe für Sie beantragt, da Sie mir versicherten, keine nennenswerten Wertgegenstände mehr zu besitzen, nachdem Sie das Erbstück Ihrer Großmutter verkauft und mir den Betrag als Vorschuss gegeben haben. Wir werden uns ganz bestimmt zu Ihrer Zufriedenheit einigen.«

»Warum sind Sie so sicher, dass alles funktionieren wird?«, fragte Sophia ein wenig besorgt. War dieser Rechtsanwalt ein Mensch, der die Probleme einfach nur nicht in ihrem vollen Umfang sehen wollte, oder war er so erfahren, dass er den Richter problemlos überzeugen konnte?

»Frau Rigard, es gibt Leute, die an Sie glauben, wenn Sie es schon selbst nicht tun. Ich bin einer von denen und Sie tun mir leid. Ich werde alles mir Mögliche tun, damit Sie Ihre Tochter behalten. Das Honorar und die Gerichtskosten vergessen Sie bis zum Gerichtsurteil am besten wieder. Wichtig ist, dass Ihre Tochter auch weiterhin bei Ihnen bleibt.«

Erstaunt über so viel Verständnis und Menschlichkeit bedankte sich Sophia: »Vielen Dank, Herr Beschtik, Sie haben wohl Recht.«

»Dann bis spätestens in zwei Wochen zum Gerichtstermin. Wenn Sie noch Fragen oder neue Informationen haben, können Sie sich jederzeit gerne bei mir melden, Frau Rigard.«

Der freundliche Rechtsanwalt legte auf. Sophia mochte es gar nicht, wenn ihr jemand aus purem Mitleid half, aber in diesem Falle durfte sie dieses Entgegenkommen auf keinen Fall ausschlagen. Zumindest war wenigstens dieses Telefonat viel besser verlaufen, als sie vorher befürchtet hatte.

Sophia wurde tatsächlich von ihrem Chef am letzten Tag vor der Gerichtsverhandlung gekündigt, nachdem sie ihm mitgeteilt hatte, dass sie am folgenden Vormittag nicht zur Arbeit erscheinen könne. Die nächste noch unangenehmere Aufgabe an diesem Tag stand ihr jedoch noch bevor. Sie musste mit Anna über diese Verhandlung am nächsten Tag reden. Das Gespräch war ein Schock für Anna, aber sie blieb tapfer.

»Alle wissen doch, dass ich meinen Papa noch nicht mal kenne. Die können mich nicht zwingen, dass ich zu einem fremden Mann gehe!«, stellte Anna kurzerhand fest. Doch leider war es nicht so einfach, wie es sich ein naives, an die Gerechtigkeit im Leben glaubende Dreijährige wünschte.

KAPITEL 25

Der Tag des Gerichtstermins war gekommen. Sophia hätte diesen Tag gerne bis zur Unendlichkeit heraus gezögert, aber er bahnte sich seinen Weg mit unaufhaltsamer Grausamkeit in das Leben von Sophia und Anna.

Beide waren sehr still, als sie mit öffentlichen Verkehrsmitteln zum Gerichtsgebäude fuhren. Ihr zukünftiges Leben würde sich heute entscheiden. Die Lüge ihres skrupellosen Ex-Verlobten könnte ihr Leben von einer Minute zur anderen völlig verändern. Sophia konnte nichts daran ändern. Ihr Rechtsanwalt Herr Beschtik hatte zwar versucht, ihr Mut und Hoffnung zu geben, aber wie sollte er diese erheblichen Anschuldigungen widerlegen? Norbert hatte bedeutende Freunde und den besten Anwalt der Stadt zum Vater.

Als sie im Gerichtsgebäude ihr Verhandlungszimmer erreicht hatten, stand Norbert mit seinen Eltern, seiner hochschwangeren Frau und Freunden zusammen. Er trug einen sündhaft teuren

Anzug und grüßte Sophia und seine Tochter anstandshalber. Norberts offensichtliche Arroganz füllte den ganzen Flur und ließ Sophia kaum Luft zum Atmen.

Auch ihr Rechtsanwalt Herr Beschtik war bereits da. Er begrüßte Sophia und Anna mit einem festen Handschlag und den Worten: »Machen Sie sich keine Sorgen, ich bin bestens vorbereitet.«

»Mein Ex-Freund und sein Vater mit Sicherheit auch«, seufzte Sophia.

»Ich muss Sie jetzt allerdings ein paar Minuten alleine hier lassen. Die Verhandlung beginnt erst in fünfzehn Minuten. Bis dahin bin ich sicher wieder hier.«

Sophia nickte, dachte sich aber, dass ihr das noch gefehlt hätte. Sie stand hier mit ihrer Tochter wie eine Sünderin, die gleich zur Folterbank geführt würde und der einzige Mensch, der helfen könnte, ihr Verteidiger, machte sich aus dem Staub.

Anna schaute ängstlich zu der Gruppe herüber, in der die Männer bedrohlich schwarze Anzüge trugen und laut redeten sowie lachten.

Ein paar Minuten später, die Sophia wie Stunden vorkamen, schritt Herr Beschtik wieder den Gang entlang zu ihnen. Sophia atmete auf, fühlte sich aber dennoch nicht wesentlich erleichterter.

»Hören Sie auf zu zittern, Frau Rigard. Sie sollten anderen Menschen mehr vertrauen«, empfahl ihr der Rechtsanwalt.

Sophia schaute Herrn Beschtik erschrocken an. Das Wort Vertrauen war in den letzten Wochen viel zu häufig gefallen. Wie aber konnte sie blind vertrauen, wenn Annas zukünftiges Leben am Rande eines Abgrunds stand? Oder konnte es sein, dass sie auch Norbert vertrauen sollte? Vielleicht war das Leben bei ihm für Anna wirklich das große Los. Die Welt stand ihr mit seinem Geld und seinen Kontakten offen.

Sophia schaute Anna an und schüttelte den Kopf. Anna hatte Vertrauen zu ihr und kannte ihren Vater gar nicht.

Abrupt kam Sophia Dennis in den Sinn. Sie hatte Vertrauen zu Dennis aufgebaut und er hatte ihr nicht vertrauen können, als Norbert sein böses Schauspiel aufführte. Aber auch sie hatte Dennis erst nicht vertraut, als er auf sanfte Weise seine Schwiegermutter aus dem Schlafzimmer heraus komplimentieren wollte. Sie dachte, seine Schwiegermutter würde letztendlich ihre Beziehung zerstören und ihn genügend beeinflussen können.

Erst am Ende war Vertrauen in die Anständigkeit und Ernsthaftigkeit von Dennis entstanden, als Mikey verletzt war. Dann war es für eine Zukunft mit Dennis schon zu spät gewesen. Das verdammte Vertrauen! Es hatte ihr alles genommen und nun machte sie das Misstrauen in das Versprechen ihres Rechtsanwaltes nervös und unsicher, was sich ungünstig auf ihren Eindruck vor dem Richter auswirken könnte.

Würde ihr das Misstrauen zuletzt noch ihre Tochter nehmen? Das durfte nicht geschehen. Sophia atmete tief ein und wandte sich Herrn Beschtik zu: »Ich vertraue Ihnen. Wenn Sie sagen, dass meine Chancen nicht so schlecht stehen, Anna zu behalten, glaube ich Ihnen.« Es fühlte sich gut an, das zu sagen und es auch ein klein wenig zu spüren.

Herr Beschtik lächelte zufrieden und klopfte Sophia leicht auf die Schulter: »Das ist die richtige Einstellung.«

Die schwere Holztür ging auf und die Gerichtsdiener riefen Anna herein. Das dreijährige Mädchen schaute ihre Mutter fragend an. »Geh ruhig, Anna. Der Richter und seine Mitarbeiter sind liebe Menschen. Ich komme auch gleich nach«, ermunterte sie Sophia mit betont ruhigem Tonfall. Herr Beschtik nickte.

Ein paar Minuten später wurden Norbert, Sophia und die Rechtsanwälte hereingerufen. Freunde, Zeugen und sonstige Begleiter hatten vorerst draußen zu warten. Diese Verhandlung fand unter Ausschluss der Öffentlichkeit statt.

Nachdem der Richter, ein älterer, weise wirkender Mann, sich vergewissert hatte, dass alle betroffenen Personen mit ihrem Rechtsbeistand zu dieser Sorgerechtsverhandlung erschienen waren, wandte sich eine junge Gerichtsdienerin an Anna. »So, kleines Mädchen. Wir haben im Nebenraum ein paar Spielzeuge und Stifte. Lass uns spielen, während die Erwachsenen nur langweilige Sachen besprechen.«

Wieder schaute Anna ihre Mutter fragend an. »Du kannst ruhig mitgehen, Anna«, sagte Sophia erneut. Was blieb ihr auch anderes übrig. Sie hatte die Entscheidungsmöglichkeit über ihr und Annas Leben in diesem Moment verloren. Sie musste nun ihrem Rechtsanwalt vertrauen - nur vertrauen.

Als hinter Anna die Tür geschlossen worden war, begann die Verhandlung. Schon nach ein paar Sätzen sprach der Richter Sophia an: »Frau Rigard, sie werden angeklagt, alkohol- sowie sexsüchtig zu sein. Wollen Sie sich dazu äußern?«

Sophia schaute ihren Rechtsanwalt an, der nur freundlich nickte.

»Ich bestreite diese Vorwürfe. Natürlich trinke auch ich gelegentlich Alkohol, aber selten mehr als ein Glas Sherry oder Wein am Wochenende. Nymphomanin oder sexsüchtig bin ich ebenfalls nicht. Seit mich Norbert Schirmberg verlassen hat, lebe ich ohne...« Sophia räusperte sich. Es war ihr peinlich, offen über solch eine private Angelegenheit zu sprechen, aber Herr Beschtik nickte wieder. »Seit wir uns getrennt haben, habe ich völlig enthaltsam gelebt.«

In einem lauten, männlichen Bass fragte der Richter nochmal nach: »Sie hatten seitdem keinen Geschlechtsverkehr mehr. Wollen Sie uns damit sagen?«

»Ja.« Sophias Gesicht fing an, heiß zu brennen.

Der Richter blätterte in seinen Papieren. »Frau Rigard, Sie wissen, dass Sie hier die Wahrheit sagen müssen?«

»Ich lüge nicht«, antwortete Sophia.

»Herr Schirmberg hat Sie jedoch gemäß den Unterlagen, die mir vorliegen, erwischt, wie Sie Männerbesuch empfangen haben.«

»Das ist richtig. Ich habe den Vater eines Spielkameraden von Anna empfangen. Sein Sohn war bei uns zu diesem Zeitpunkt zu Besuch.«

»Warum steht dann hier, dass er eine Flasche Wein in der Hand hatte?«

Sophia schluckte. »Wir sind sehr gut befreundet.«

»Wie gut? Bitte sagen Sie hier die Wahrheit, damit ich ein gerechtes Urteil fällen kann.« Der Richter schaute Sophia strafend an.

»Ich gebe zu, dass wir uns ein einziges Mal näher gekommen sind. Seine Schwiegermutter platzte jedoch dazwischen. Ich hatte keinen Geschlechtsverkehr mit ihm.«

Ein Kichern ging durch die Runde.

»Frau Rigard, Sie scheinen nicht so enge Moralvorstellungen zu haben. Sie kommen einem Mann näher, der verheiratet ist und so eng mit seiner Schwiegermutter zusammenwohnt, dass sie »hereinplatzen« kann?«

»Er ist seit anderthalb Jahren Witwer und seine Schwiegermutter darf ihren Enkel jederzeit besuchen. Daher hat sie den Wohnungsschlüssel«, verteidigte sich Sophia.

»Nun gut.« Der Richter legte ein Blatt zur Seite, nur um ein nächstes in die Hand zu nehmen.

»Die gegnerische Partei hat Zeugen, die Sie häufiger betrunken auf Partys gesehen haben. Sie sollten sogar während der Schwangerschaft nicht auf Alkohol hatten verzichten können. Daher soll Herr Schirmberg sich von Ihnen getrennt haben. Er bedauert sehr, die Gefahr für seine Tochter erst jetzt erkannt zu haben, als er sie bei seinem Besuch im betrunkenen Zustand aufgefunden hat.« Der Richter leierte die Anklagepunkte herunter, als handelte es sich um die Menükarte einer Pizzeria. Als Vorspeise bieten wir »sexsüchtige Mutter«, zum Hauptgang empfehlen wir »alkoholabhängige

Schwangere« und zum Nachtisch gibt es als bittersüße Überraschung »vertrauenswürdige Zeugen«.

Es war grotesk und erinnerte sie eher an einen abstrusen Horrorfilm.

»Ich weiß nicht, was diese Zeugen gesehen haben wollen. Ich weiß nur, dass ich Alkohol nur in Maßen trinke. Während der Schwangerschaft habe ich keinen Alkohol angerührt. Meine Tochter ist vollkommen gesund, was sie vielleicht nicht wäre, wenn ich damals Alkoholikerin gewesen wäre«, verteidigte sich Sophia, so gut es eben in dieser Situation ging. Sie schaute Herrn Beschtik an, der noch immer zufrieden grinste.

»Frau Rigard, ich will Ihnen nichts Böses. Ich will nur das Beste für Ihre und Herrn Schirmbergs Tochter. Wenn Sie nicht süchtig sind, wäre Anna sicherlich gut bei Ihnen aufgehoben, zumal auch Ihre Tochter diesen Wunsch geäußert hat. Sie hat bei Ihnen, Frau Rigard, jedoch keine intakte Familie, die ihr ihr Vater bieten kann. Dieser Punkt ist auch noch zu berücksichtigen.« Der Richter räusperte sich. »Nun, dann ist es wohl an der Zeit, Ihre Zeugen hereinzubitten, Herr Schirmberg.«

Als der erste Zeuge hereingerufen wurde, erkannte Sophia ihn gleich. Es war der beste Freund von Norbert, der jedoch mehr Geld verbrauchte, als ihm seine Eltern geben konnten. Nobert hatte nicht selten seine Zeche in einem teuren Restaurant oder die nächste Benzinfüllung seines Porsches bezahlt. Der Freund war abhängig von Norberts Geld und entsprechend sah auch seine Aussage aus. Mit großen ehrlichen Augen erzählte er, wie häufig sich Sophia während der gemeinsamen Treffen übergeben habe. Zudem soll Sophia vor allem in diesem Zustand jeden Mann verführt haben, der bereitwillig mitmachte. Es wäre ihr dabei auch nie auf das Alter oder die Volljährigkeit ihres Opfers angekommen.

Als der vermeintliche Zeuge entlassen wurde, erwartete Sophia endgültig ihr vernichtendes Urteil. Der Richter räusperte sich jedoch und sprach dann ihren Rechtsanwalt an.

»Herr Beschtik, möchten Sie etwas als Frau Rigards Rechtsvertreter dazu sagen?«

Ihr Rechtsanwalt erhob sich. »Herr Richter, diese Anschuldigung sind absoluter Blödsinn und völlig erlogen. Ich finde es sogar nachvollziehbar, dass Herr Schirmberg um seine Tochter kämpfen will, obwohl er in den letzten dreieinhalb Jahren keinerlei Interesse an Anna gezeigt hatte. Das allerdings spielt hier keine Rolle. Entscheidend ist jedoch, dass Herr Schirmberg alles tun würde, um das alleinige Sorge- und Aufenthaltsbestimmungsrecht für seine Tochter zu erhalten. Herr Richter, Sie sind sehr erfahren und haben sicherlich auch schon einige Meineide hier im Gerichtssaal zu hören bekommen. In meinen Ohren hören sich die Verdächtigungen wie ein skrupelloser Versuch an, eine intakte Mutter-Tochter-Beziehung zu trennen. Warum sonst würde der Ankläger und sehr geschätzter Rechtsanwalt, sein Vater Herr Schirmberg, solche heftigen Geschütze auffahren, anstatt die Mutter seiner Tochter zu einer Therapie zu überreden.«

Sophia merkte, wie sehr ihr Rechtsanwalt für sie kämpfte. Sie zweifelte jedoch, ob dies ausreichen würde, die heftigen Vorwürfe überzeugend zurückzuweisen.

»Herr Beschtik, jeder Mensch hat nun mal eine andere Art für die Sicherheit seiner Tochter zu sorgen. In diesem Falle war eine schnelle Lösung gefragt und nicht der langwierige Versuch einer Therapie mit unsicherem Erfolg«, mischte sich nun der gegnerische Anwalt ein.

Ruhe entstand in dem Raum, der mit dunklem Holz ausgekleidet war. Nun zitterte Sophia und dachte nur daran, wie sie es ihrer Tochter sagen sollte, dass sie jetzt mit ihrem Vater, einem ihr völlig fremden Mann, mitgehen müsste.

KAPITEL 26

Der Richter las etwas auf einem Blatt und wandte sich wieder an Sophias Rechtsanwalt. »Ich lese hier, Sie haben einen Zeugen vorgeladen?«

»Einen Zeugen?«, fragte Sophia viel zu laut. »Wen denn?«

Herr Beschtik lächelte leicht und schüttelte nur den Kopf.

»Dann bitten Sie Ihren Zeugen mal herein und danach werde ich mein Urteil fällen«, entschied der Richter.

Das war Sophias letzte Chance. Langsamen, festen Schrittes ging Herr Beschtik heraus und kam zehn Sekunden später mit seinem Zeugen wieder. Als Sophia erkannte, wer der Zeuge war, schnappte sie nach Luft. Das konnte nicht wahr sein. Was wollte denn gerade er bezeugen?

»Ihr Name ist Dennis Sarindo und sie sind Friseurmeister und Visagist. Ist das richtig?« Dennis nickte. Er schaute nicht einmal zu Sophia herüber. Dennis war ernst. Vier Sorgenfalten gruben sich in seine Stirn. Dennis wirkte müde, aber willensstark.

Nachdem er über seine Wahrheitspflicht aufgeklärt worden war, fragte ihn der Richter: »Sie wissen, dass Frau Rigard von Herrn Schirmberg beschuldigt wird, alkoholabhängig und sexsüchtig zu sein und ihr daher das Sorgerecht für ihre Tochter entzogen werden soll?«

Dennis nickte. »Das weiß ich.«

»Was haben Sie zu diesen Vorwürfen zu sagen?«, fragte ihn der Richter.

»Diese Vorwürfe entsprechen in keinster Weise der Wahrheit«, antwortete Dennis kurz und knapp. »Wir haben uns kennen gelernt, als unsere Kinder zusammen in den Kindergarten kamen. Wir sind uns nähergekommen und ein einziges Mal ging es über eine rein freundschaftliche Beziehung hinaus. Dieser Schritt ging alleine von mir aus. Bevor es jedoch zu sexuellen Handlungen kommen konnte, störte uns meine Schwiegermutter. Frau Rigard verließ daraufhin das Haus. Sie hat niemals mehr einen Versuch unternommen, mir auf diese Weise näher zu kommen. Wir treffen uns nahezu täglich vor dem Kindergarten und ich habe nie beobachtet, dass Frau Rigard mehr als nur höflich auf andere Männer zuging.«

»Kennen Sie Frau Rigard auch so gut, dass Sie etwas zu der Anschuldigung, sie sei alkoholabhängig, sagen können?«, fragte der Richter nach.

»Ich kenne sie seit ungefähr einem Monat. Wir haben einmal ein Glas Wein zusammen getrunken. Sie erschien mir keineswegs süchtig nach größeren Mengen Alkohol zu sein. Auch hier kann ich nur sagen, dass ich sie niemals in einem offensichtlich angetrunken Zustand gesehen habe. Ich habe auch nie einen Alkoholgeruch bei ihr festgestellt.«

»Wissen Sie, dass gestern Frau Rigards Teilzeitstelle in einem Supermarkt gekündigt wurde? Sie hat dort noch nicht mal zwei Wochen gearbeitet. Können Sie sich das erklären?« Sophia wurde die Angelegenheit immer unangenehmer.

»Das kann ich allerdings«, antwortete Dennis ernst. »Ich habe mich bei ihren Arbeitskolleginnen erkundigt. Offensichtlich hat der Geschäftsführer persönliche Probleme mit Frauen, resultierend aus der Untreue seiner Ehefrau. Kurz, nachdem Frau Rigard dort ihre Stelle angetreten hatte, war mein Sohn im Kindergarten gestürzt. Leider hatte ich mein Handy ausgeschaltet und auch meine Schwiegereltern waren nicht erreichbar. Da mein Sohn sofort im Krankenhaus behandelt werden musste, haben sich die Erzieherinnen an Frau Rigard gewandt. Mein Sohn und ihre Tochter sind sehr eng befreundet. Frau Rigard hat ihrem Vorgesetzten die Situation erklärt und um unbezahlte Freistellung für diesen Morgen gebeten. Er war nicht einverstanden, aber das Wohl eines Kindes ging ihr über alles. Sie saß bis zum späten Abend bei meinem Sohn, bis er das Krankenhaus verlassen durfte. Als sie gestern ihrem Vorgesetzten die Ladung zu diesem Gerichtstermin vorlegte, wurde sie kurzerhand in ihrer Probezeit gekündigt.« Dennis hatte mit starker Stimme, aber ruhig und konzentriert gesprochen. Auch der Richter war beeindruckt.

»Herr Sarindo, Sie wollen uns also sagen, dass diese Anschuldigungen gelogen sind?« Der Richter schaute Dennis scharf an.

»Ich will gar nichts sagen. Ich schildere nur meine eigenen Erfahrungen. Dazu gehört auch, dass ich einmal Zeuge der Schauspielkunst von Herrn Schirmberg wurde. Ich wollte meinen Sohn bei Frau Rigard abholen, der mit ihrer Tochter spielte, da traf ich auf Herrn Schirmberg. Er bot Frau Rigard einen Scheck an, wenn sie ihm ihre Tochter sofort übergeben würde. Er erzählte von

Sexpraktiken und einer so genannten offenen Beziehung zwischen den beiden. Herr Schirmberg war so überzeugend, dass ich Frau Rigard, die ich damals erst kurz kannte, nicht mehr vertraute. Das bedauere ich jetzt zutiefst.«

Diesmal schaute Dennis herüber und hatte Tränen in den Augen.

Der Richter bemerkte den entschuldigenden Blick und räusperte sich: »Herr Sarindo, Sie würden Frau Rigard also völlig vertrauen?«

»Ja, ich würde ihr sogar jederzeit mein Kind anvertrauen, das Kostbarste, was ich in meinem Leben habe.«

»Würden Sie auch Ihre gesamte Aussage auf der Bibel beschwören? Sie wissen, dass Sie bei einer vereidigten Falschaussage zu mindestens einem Jahr Freiheitsstrafe bestraft werden können?«

»Ich sage die Wahrheit und würde diese auch jederzeit schwören!« Dennis blieb ernst, aber nicht ein Muskel im Gesicht zuckte.

»Das reicht mir, danke Herr Sarindo.« Der Richter wartete einen Moment. Dann sprach er den Zeugen von Norbert Schirmberg an: »Ich denke, auch Sie können Ihre Aussage beschwören?« Er nickte. »Dann kommen Sie bitte her.«

Der Freund von Norbert, der Zeuge stand auf, ging nach vorne und stellte sich vor den Richtertisch.

»Was passiert, wenn der Zeuge seine Aussage beschwört?«, flüsterte Sophia ihrem Rechtsanwalt zu.

»Dann steht Aussage gegen Aussage und der Richter muss entscheiden«, legte Herr Beschtik sachlich dar. »Aber vertrauen Sie mir. Soweit wird es nicht kommen.«

Der Richter forderte ihn mit seiner beeindruckenden Bass-Stimme auf: »Bitte sprechen Sie mir nach: Ich schwöre bei Gott dem Allmächtigen und Allwissenden...«

Etwas unsicher und mit dem Blick auf Norbert gerichtet wiederholte der Zeuge langsam und deutlich die Worte des Richters: »Ich schwöre bei Gott dem Allmächtigen und Allwisssenden...«

Der Richter nickte und fuhr fort: »..., dass ich nach bestem Wissen die reine Wahrheit gesagt und nichts verschwiegen habe.«

Plötzlich sackten die Schultern des Zeugen schlaff nach vorne. »Ich kann nicht bei Gott schwören!«, erklärte er leise.

»Warum können Sie das nicht?«, fragte der Richter.

Der Zeuge stapfte unsicher von einem Fuß auf den anderen. Die Spannung im Gerichtssaal wuchs zeitgleich mit der Erleichterung von Sophia. Es schien überstanden. Der Zeuge schien zugeben zu wollen, dass er gelogen hatte.

Plötzlich meldete sich der Rechtsanwalt Schirmberg zu Wort. »Das sollte ich wohl erklären, Herr Richter. Der Zeuge ist strenger Katholik und in der Bibel steht, dass es Christen verboten ist, zu schwören.«

Der Zeuge nickte erleichtert.

Der Richter schluckte. »Gut, dann ändern wir den Schwur in eine Wahrheitserklärung mit gleicher rechtlicher Wirkung und Konsequenzen im Falle der Lüge. Bitte sprechen Sie mir nach: Ich erkläre hiermit, dass ich nach bestem Wissen die reine Wahrheit gesagt und nichts hinzugefügt oder verschwiegen habe. Oder wollen Sie diese Erklärung nicht abgeben?«

Der Zeuge nickte: »Doch ich gebe die Erklärung natürlich ab.« Er stellte sich kerzengerade hin und begann: »Ich erkläre hiermit, dass ich nach bestem Wissen die reine Wahrheit gesagt und nichts hinzugefügt oder ver...« Der Zeuge hustete. Als er sich beruhigt hatte, drehte er sich zu Norbert um. »Tut mir leid, Norbert, ich kann nicht für dich lügen. Ich will nicht ins Gefängnis kommen.«

Sophia atmete so tief auf, dass es im stillen Gerichtssaal deutlich hörbar war.

»Setzten Sie sich dann bitte wieder hin. Ich verkünde jetzt das Urteil«, sagte der Richter in einem ruhig geschäftigen Ton.

Die Leute im Gerichtssaal standen auf. »Ich habe hier begründeten Zweifel an der Glaubwürdigkeit der Anklagepunkte von Herrn Schirmberg. Daher bleibt Anna Rigard bei ihrer Mutter, die auch das Sorge- und Aufenthaltsrecht behält. Herr Schirmberg erhält allerdings ein Besuchsrecht, das er zu Gunsten des Kindes auch ausüben sollte. Die Verhandlung ist geschlossen.«

KAPITEL 27

Sophia strahlte. Ihr Rechtsanwalt Herr Beschtik legte den Arm um sie: »Ich sagte doch, dass Sie mehr Vertrauen in sich und Ihre Freunde haben sollten.«

»Ich bin Ihnen so dankbar!« Sophia konnte es kaum glauben, dass jetzt alles vorbei war und Anna bei ihr bleiben durfte. »Aber ich kann Ihnen Ihr Honorar nur in Raten bezahlen«, fiel Sophia erneut ein.

»Ihr Freund hat die Rechnung schon beglichen. Er schien außerordentlich dankbar gewesen zu sein, was Sie für seinen Sohn getan haben, als er einen Unfall hatte.«

Sophia dreht sich um und wollte sich bei Dennis bedanken. Aber er war nicht mehr im Gerichtssaal. Sophia rannte auf den Flur, aber auch dort sah sie ihn nicht. Bis zur nächsten Flurecke rannte sie noch, dann begriff sie, dass er einfach gegangen war.

Während Sophia fassungslos den kühlen Gerichtsflur nach Dennis absuchte, wurde ihre Aufmerksamkeit plötzlich auf eine Diskussion hinter hier gelenkt.

»Ich dachte tatsächlich, dass du inzwischen ein Mann geworden wärst und für deine Familie einstehst«, hörte Sophia eine aufgeregte Frauenstimme hinter sich.

Langsam drehte sich Sophia um. Sie sah Norbert und eine schwarzhaarige Frau, die ihn mit einem zornig-verächtlichen Gesichtsausdruck anschaute. Deutliche Babybauchrundungen zeichneten sich an ihrem edlen Kleid ab. Das musste Norberts Frau sein.

Nun sprach Norbert: »Das habe ich doch. Ich bin sogar vor Gericht gegangen und habe um ein Kind gekämpft, das mich im Grunde gar nicht interessiert.« Norberts Stimme klang plötzlich weder selbstbewusst noch bestimmend mehr. So kleinlaut hatte Sophia ihn noch nie kennen gelernt. Norbert stand vor seiner Frau wie ein kleiner Schuljunge, der seiner Mutter beichtete, dass er eine Fünf in einer Klassenarbeit geschrieben hatte.

»Dank deines unfähigen Vaters, der wohl als Rechtsanwalt ebenso wenig taugt wie du als verantwortungsvoller Mann, bleibt deine Tochter jetzt bei ihrer arbeitslosen Mutter.« Die Stimme von Norberts Frau ließ keinen Zweifel daran, wie sehr sie ihn im Moment verachtete.

Da Norbert nur still nickte, schnaubte seine Frau nun verächtlich: »Was bist du nur für ein Weichei?«

»Dieser bescheuerte Freund von Sophia ist schuld, dass ich Anna nicht zugesprochen bekommen habe. Er kennt sie kaum und dennoch war er offensichtlich so sehr beeindruckt von Sophia wie ich damals, dass…« Norbert stockte, als er bemerkte, dass er in seiner Rechtfertigungsrede zu viel preisgegeben hatte.

Eine Ohrfeige landete auf Norberts linker Wange, die in dem hochwandigen Gerichtsflur laut wiederschallte.

Sophias Herz hüpfte erfreut, denn diese Ohrfeige hatte er sich schon lange verdient.

»Wie kann man bloß von diesem unscheinbaren Bettelweib, die nichts zu Stande bringt, beeindruckt sein«, herrschte seine Frau ihn an. »Vermutlich hat er nur für sie ausgesagt, weil sie ihm im Gegenzug exotische Liebesdienste angeboten hatte. So konnte er sich das Geld für teure Etablissements sparen.«

Norbert schnappte nach Luft. »Sophia ist keine Frau, die sich verkauft«, wagte er zu Sophias großem Erstaunen einzuwenden, was ihm jedoch eine erneute Ohrfeige einbrachte. Sophia musste schmunzeln. Wer im Hause

Schirmberg regierte, war nun eindeutig klar und Norbert tat ihr nun fast ein wenig leid.

»Eins ist doch wohl klar« fauchte Norberts Frau ihn an, »du wirst deine Tochter nie bei dieser Schlampe besuchen. Der Richter hat dir das Sorgerecht nicht übertragen und du wirst nun deine Tochter vergessen!«

Sophia grinste nun. Sie hätte niemals geahnt, dass diese südländische Schönheit auf sie eifersüchtig sein könnte. Norbert hatte also plötzlich um das Sorgerecht kämpfen sollen, damit er nicht womöglich mal über Anna wieder Kontakt zu Sophia bekommen würde. Während das Ehepaar weiter stritt, bemerkten sie ihren Zuhörer nicht. Sophia hatte jedoch genug gehört, um sich Norberts plötzliches Interesse an Anna zu erklären.

Nun wollte Sophia ihre Tochter suchen. Sie ging daher in den Gerichtssaal zurück. Die Tür vom Nebenzimmer wurde geöffnet und Anna rannte ihr entgegen. »Mama, ich sagte dir doch, dass der Richter das schon richtig macht.«

»Es war ein ausgesprochen kluger und lieber Richter«, sagte Sophia, während sie ihre Tochter im Arm hielt. »Dennis war auch dabei.

Er hat uns geholfen, zusammen zu bleiben«, flüsterte Sophia.

»Wo ist denn Dennis jetzt?«, frage Anna und schaute sich suchend um.

»Das wüsste ich auch zu gerne!«, dachte Sophia.

KAPITEL 28

Zur Feier des Tages ging Sophia mit ihrer Tochter zu einem kleinen Schnellimbiss. Die ganze Zeit saßen sie eng aneinandergedrückt am kleinen Tisch und schwiegen. Sophia hatte noch immer den Eindruck, dass ein Stück in ihrem Herzen fehlte. Dennis und Mikey fehlten ihr. Dennoch war sie überaus dankbar, dass sie Anna nicht verloren hatte, und war bereit, die Situation mit Dennis zu akzeptieren, wie sie war.

Am nächsten Tag war Samstag. Anna und Sophia blieben an diesem Tage lange im Bett. Die Nerven brauchten nach der Anspannung der letzten zwei Wochen ihre Ruhe. Gegen Mittag schellte die Türglocke. Sophia hastete zur Tür. Sie hoffte, Dennis käme, um mit ihr über die gestrige Verhandlung zu sprechen. Stattdessen kam der Briefträger die Stufen eilig heraufgesprungen.

»Frau Rigard, ich habe hier einen dicken Umschlag für Sie, für den Sie mir den Empfang bestätigen müssen.«

Völlig enttäuscht sagte Sophia: »Das sind bestimmt die Unterlagen vom Gericht.«

Nachdem Sophia unterschrieben hatte, bekam sie den Umschlag und der Briefträger murmelte ein »Schönen Tag noch« und stolperte die Treppen wieder herunter.

Uninteressiert legte Sophia den Umschlag zur Seite. Sie war enttäuscht. Die Unterlagen vom Gericht konnten warten. Das Urteil war gesprochen, Anna bei ihr und mehr war heute nicht wichtig.

»Weißt du was, Anna? Wir gehen heute mal in den Zoo. Es ist ein besonderer Tag, der ein ganz besonderes Erlebnis braucht«, schlug Sophia vor.

»Oh, ja!«, rief Anna und sprang sofort aus dem Bett.

Sie verbrachten einen anstrengenden, aber sehr schönen Tag im Zoo. Die Affen, die sich gegenseitig ärgerten, die lustig watschelnden Pinguine und der Kleintierstreichelzoo lenkten von den letzten Tagen und Dennis' kaltem Verschwinden ab.

Als sie an der Bushaltestelle in der Nähe ihres Wohnhauses ausstiegen, konnte Anna vor Müdigkeit nicht mehr laufen. Sophia trug sie und genoss die Nähe zu ihrer Tochter mit vollen Zügen. Zu Hause legte sie ihre Tochter sofort in ihr pinkfarbenes Juniorbett und wollte ebenfalls ins Bett gehen.

Da fiel ihr der bisher unbeachtete, dicke Umschlag auf dem Küchentisch ein. Halbherzig öffnete sie ihn mit einem Küchenmesser. Sie griff herein und fühlte Verpackungspappe. Es war offensichtlich doch nicht das schriftliche Urteil vom Gericht. Jetzt erst schaute sie auf den Absender und las: »Dennis Sarindo.«

Hektisch riss sie den Umschlag auf. Zwischen dem Verpackungspapier kam eine Schmuckschatulle zum Vorschein. Ihr Herz klopfte. Vorsichtig öffnete sie die Schatulle. Es lag ein Schmuckstück darin. Es war ein ihr vertrautes Schmuckstück mit antikem Blumenmuster. Dennis musste ihr Familienerbstück, die Platinkette mit dem Medaillon, beim Pfandleiher ausgelöst haben. Sophia erinnerte sich, dass sie Dennis davon erzählt hatte, als sie im Krankenhaus auf die Entlassung von Mikey gewartet hatten. Liebevoll nahm sie das Schmuckstück in die Hand. Sie öffnete es vorsichtig und staunte. Auf der linken Seite befand sich ein neueres Foto von Anna, auf der rechten Seite sah sie ein kleines Foto von Dennis und Mikey. Sophia schnappte nach Luft. Dennis hatte ihr ihre Wünsche erfüllt: Anna konnte bei ihr bleiben und sie hatte ihr einziges Familienerbstück wiederbekommen. Wie liebevoll er die Fotos für das Medaillon ausgesucht und herein getan hatte! Das war der weichherzige und mitfühlende Dennis, in den sie sich verliebt hatte. Er hatte all ihre Lieben in diesem Medaillon vereint.

Was hatte dies nur zu bedeuten? Erst jetzt bemerkte Sophia den kleinen Zettel, der sich auch noch in der Schmuckschatulle befand. Mit einer wunderschön ausgeschriebenen Männerhandschrift stand dort: »Ich komme heute Abend um 18:00 Uhr mit Mikey zu dir. Wir müssen reden.«

Oh, nein! Mist! Es war bereits weit nach 18:00 Uhr. Um die Uhrzeit hatten sie sich noch im Bus befunden. Hätte sie bloß heute Mittag hereingeschaut! Hoffentlich glaubte er nicht, sie wollte nicht, dass er kommt. Warum hatte er sie nicht angerufen, als sie ihm nicht öffnete?

KAPITEL 29

»Wenn ich eins aus dem Albtraum der letzten Wochen gelernt habe, dann, dass ich Vertrauen haben muss«, erinnerte sich Sophia plötzlich.

Schnell kramte sie ihr Handy aus der Handtasche, das noch nach dem Streichelzoo roch. Sophia wählte Dennis' Nummer.

»Sophia, bist du es?«, meldete sich Dennis.

»Dennis, es tut mir so leid. Ich habe erst jetzt dein Geschenk geöffnet und wir waren heute im Zoo und dann war es zu spät und du schon weg«, stammelte Sophia atemlos.

»Mikey schläft jetzt schon«, reagierte Dennis mit leiser Stimme.

»Anna auch«, bemerkte Sophia traurig.

»Sag es!«, forderte Dennis sie auf.

»Was?«, frage Sophia erstaunt zurück.

»Hab Vertrauen in mich und dich und sag es endlich!«

Sophia begriff und ihr wurde leicht ums Herz. »Dennis, bitte komme. Ich habe ein Gästebett für Mikey. Ich würde mich so sehr freuen, wenn wir heute reden könnten.«

»Das war für den Anfang gar nicht schlecht«, lobte Dennis sie und lachte.

»Ich bin gleich da. Wein soll ich nicht mitbringen, oder? Nach den Vorwürfen in der gestrigen Verhandlung solltest du vielleicht erst einmal einen Entzug machen. Den anderen Anklagepunkt übersehen wir jetzt mal«, neckte Dennis sie.

»Ich will Wein und mit dir reden. Ich kann es kaum abwarten, dich zu sehen«, sagte sie und legte auf.

Eine knappe halbe Stunde später stand Dennis mit dem noch immer schlafenden Mikey auf dem Arm vor Sophia. Mikey war nur in eine Decke gewickelt und konnte sofort in das Gästebett gelegt werden.

Während Dennis daraufhin verzweifelt versuchte, den zerbröselten Korken aus der teuren Rotweinflasche zu angeln, begann Sophia leise das Gespräch: »Warum hast du mir nicht gesagt, dass du für mich aussagen wirst?«

Dennis schaute Sophia tief in die Augen. Obwohl die Beleuchtung bereits von Sophia herunter gedimmt worden war, sah sie noch immer das Glitzern von Dennis' hellblauen Augen. Sie schauten sie warmherzig an. Sie strahlten Vertrauen und Aufrichtigkeit aus. »Es war der Plan deines Rechtsanwaltes, den ich ein wenig besser bezahlen konnte als du.

Alles musste im Gerichtssaal ehrlich auf den Richter wirken. Du musstest dein Erstaunen zeigen, dass ich für dich aussage. Wir sollten den anderen und dem Richter nicht den Eindruck vermitteln, zu »beste Freunde« zu sein, damit ich nicht an Glaubwürdigkeit verlöre. Ich sollte wie ein neutraler Zeuge wirken, der kommt, aussagt und verschwindet. Das Schönste daran ist, dass es geklappt hat.« Dennis legte den Kopf schief.

»Du Lausbub! Dir hätte ich solche Intrigen gar nicht zugetraut!« Sophia stupste ihn vertraut an.

»Die Idee für solch wirkungsvolle Intrigen bekommt man auf dem Silbertablett serviert, wenn man dafür zahlen kann«, grinste Dennis.

»Sag nur, du willst auch noch ein Dankeschön dafür hören, dass du hinter meinem Rücken meine Rechnungen bezahlst, meinen Rechtsanwalt bestichst, dem Pfandleiher mein Medaillon abkaufst und mich dann noch nach der Verhandlung ignorierst.«

Dennis fing an zu lachen. Er fuhr sich mit den Fingern durchs Haar und konnte gar nicht mehr aufhören zu lachen.

»Was gibt es denn da zu kichern?«, frage Sophia verwirrt.

»Wie sehr habe ich mir eine Frau gewünscht, die es schafft, auch eindeutige Tatsachen noch zu ihren Gunsten zu verdrehen.« Dennis schnappte nach Luft.

Jetzt musste auch Sophia lachen.

Als Dennis sich langsam beruhigte, ließ er die Flasche Wein mit den schwimmenden Korkenresten darin erst einmal stehen und beugte sich zu Sophia vor. »Ich hätte da noch eine Frage!«

»Welche?«

»Dein Ex-Verlobter erzählte damals, dass du bestimmte Wünsche im Bett hast. Ist das wahr?« Er zwinkerte Sophia neckend zu.

»Natürlich, ich...« Sophia stockte. Sollte sie es wagen? Würde er schlecht von ihr denken, wenn sie den Anfang machte? Wie war das mit dem Vertrauen? »Ich wünsche mir, dass du mich ganz festhältst und heute nicht mehr loslässt.«

Dennis' Augen wurden feucht. »Danke«, sagte er nur. Dann ging er auf Sophia zu und hob sie hoch. Zärtlich trug er sie in ihr Schlafzimmer.

Sophia sah ihn nur an, seine weichen Gesichtszüge, sein strahlendes Gesicht, seine hellblauen, großen Augen und konnte es noch immer nicht ganz glauben, dass sie sich gleich ganz nah sein würden.

Dennis zog sich seinen schwarzen Pulli über den Kopf. Sein Oberkörper war durchtrainiert und seine Bewegungen zielgerichtet und zugleich männlich. Sophia streichelte ihn sanft, berührte seine Haare, sein Gesicht. Es war das Ertasten eines Traumes, ehe er sie völlig in Beschlag nahm. Behutsam knöpfte er ihre Jeans auf und die Rückseite seiner Hand berührte ihre Haut kaum. Ihr Verlangen, ihn völlig zu spüren, ihn an sich zu drücken und seinen Duft wahrzunehmen stieg ins Unermessliche. Ihr Körper bebte.

Dennis bemerkte es, lächelte und nahm Sophia endlich in den Arm. Sie spürt sein Herz klopfen, sein Atem an ihrem Nacken, seine Wange an ihrer und sie spürte, dass er sie so begehrte, wie sie ihn.

»Ich liebe dich!«, flüsterte er ihr ins Ohr, wobei sich seine Stimme überschlug, als sei er im Stimmbruch.

»Ich liebe dich auch, Dennis!«, erwiderte Sophia stimmlos.

»Ich mache erst weiter, wenn du mir das sagst, was ich hören will«, flüsterte er ihr wieder ins Ohr.

»Dennis!«, stöhnte Sophia auf.

»Sag es und ich heirate dich!«

»Ich will dich auch heiraten, Dennis...« Sophia holte tief Luft. »...denn ich vertraue dir.«

»Nun bist du mein kostbarer Diamant«, hauchte Dennis, bevor sie sich völlig ihrem langersehnten Traum hingaben.